ILS ONT CHOISI LA NUIT

DU MÊME AUTEUR

Chez le même éditeur :

LA FUITE EN POLOGNE, roman, 1974.
LA BLESSURE DE GEORGES ASLO, roman, 1975.
LES FEUX DU POUVOIR, roman, 1977.
LE MYTHOMANE, roman, 1980.
AVANT-GUERRE, roman, 1983.

Au Mercure de France :

PRÉFACE AUX MÉMOIRES DU CARDINAL DE BERNIS.

JEAN-MARIE ROUART

ILS ONT CHOISI LA NUIT

BERNARD GRASSET
PARIS

A Olivier de Pierrebourg.

« Un jeune homme est le seul être qui ait le cœur de tout exiger et de se croire volé s'il n'a pas tout. »

PAUL NIZAN.

« Celui qui se tue court après une image qu'il s'est formée de lui-même : on ne se tue jamais que pour exister. »

ANDRÉ MALRAUX.

Notre époque s'efforce éperdument de nier la mort. Elle est rongée par elle faute de vouloir la regarder en face. En des temps où vivre tenait du miracle, où la mort régnait, où il fallait disputer sa survie à la peste, aux massacres, à la famine, la foi avait construit un monde simple et ordonné avec ses grandes avenues ensoleillées gagnées sur le chaos. Alors ont été enfantés les mythes des grands héros positifs. Une chevalerie lumineuse. Les masses ont désarçonné les chevaliers, elles les ont tirés vers le sol à coups de guisarme. Notre époque hait la grandeur et la légende comme autant de superstitions. L'idée aristocratique blesse son prosaïsme. On ne peut plus nourrir un vaste rêve ; l'aspiration à de grands modèles ne parvient pas à façonner des statues en accord avec le siècle. En édifierait-on, on ne pourrait leur trouver un socle : il s'enfoncerait dans la boue.

Voici venir le temps des héros négatifs, enfants nocturnes de la fracture du siècle avec leurs beaux visages angoissés, héros brisés, infirmes, feux follets des décombres, ombres errantes de la décadence dont la frêle silhouette hante nos crépuscules. Si nous nous tournons aujourd'hui vers ces héros désolés, ce n'est pas comme les Japonais par excès de noblesse, croyance ancestrale en une virilité de l'ombre, c'est que nous ne pouvons entrevoir que des mythes avortés.

Nous savons que l'homme désormais sera mutilé. Et cet infirme cherche son image idéale, le sens de sa fraternité. Plutôt que de relever de vieux mythes surannés, nous cherchons nos héros ailleurs, parmi les grands accidentés du siècle, dans les débris d'une voiture calcinée, dans la solitude d'un cimetière grec, dans la salle de réanimation d'un hôpital. Ce ne sont plus la mer, le soleil et le ciel qui nous donnent leurs héros, ce sont les poisons, les drogues et toutes les ivresses mortelles qui vomissent leurs grands spectres défigurés.

I

L'INCONNUE DE LA SEINE

A vingt ans, je songeais à disparaître. Tout m'y encourageait : j'avais échoué à mon bachot, mon premier livre avait été refusé, la femme que j'aimais voulait me quitter. Au fond de moi, je lui donnais raison. Elle pressentait une fatalité de l'échec, une hérédité du malheur, dans lesquelles elle ne voulait pas se laisser entraîner. Elle ne voyait pas pour moi d'issue. Elle me considérait avec une tendre pitié comme un grand leucémique social condamné à plus ou moins brève échéance. Je ressentais cette impression avec plus de violence et de terreur qu'elle ; je n'étais pas loin d'y voir une malédiction, ce qui rehaussait d'un halo romantique une situation parfaitement prosaïque. Où que je portasse les regards autour de moi, tout se dérobait. Les nœuds que la société avait serrés autour de moi, et je lui avais prêté la main, me paralysaient, m'interdisaient de vivre. Je ne pouvais plus que me fuir.

Un autre aurait cherché un appui dans sa famille. La mienne ne m'était d'aucun secours. Cette grande barque en perdition faisait eau de toute part. Il soufflait sur elle un vent de débâcle et de naufrage. Elle aurait bien aimé me noyer avec elle dans ses abîmes. C'est ce que je refusais : s'il s'agissait de sombrer, je n'avais besoin de personne. Terrible famille qui semblait sortie tout droit d'un roman russe avec ses personnages excessifs, exaltés, mystiques, dévorés par l'absolu, en proie à une impossibilité de vivre que je n'ai vue nulle part ailleurs. Famille sans mesure, tantôt entre les mains de Dieu, tantôt dans les griffes du diable, ne connaissant que l'extrême richesse ou le fond de la pauvreté, la prodigalité ou l'avarice, l'enthousiasme ou le plus noir abattement, l'orgueil de ce qu'elle avait été et le mépris de ce qu'elle était devenue. Après le temps des conquêtes était venu celui de la dilapidation hystérique. On bradait tout : ses portraits de famille, ses berceaux, ses meubles, ses lettres, ses châteaux, ses souvenirs d'enfance, avec une fièvre de la dépossession qui égale en passion l'autre, celle d'acquérir. On ne gagnait à ce marché de dupes que des remords et des nostalgies.

La grande force morale et matérielle de la famille, c'était la peinture ; sa grande faiblesse, c'étaient les nerfs. De génération en génération on était peintre, après avoir été ébéniste, comme on est chez d'autres notaire ou pâtissier. On ne se mariait qu'entre familles de peintres. La peinture était une monomanie, un culte exclusif et frénétique. On ne parlait que d'elle ; on ne collectionnait qu'elle. Surtout on la pratiquait. Avec rage. Les murs ne suffisaient plus : les toiles, les dessins, les aquarelles, les gravures s'entassaient dans les greniers et les soupentes ; on butait sur les chevalets, les cadres. Les enfants étaient enrégimentés comme modèles, les pommes, les poires et les oranges mobilisées d'office pour les natures mortes. L'odeur de l'essence de térébenthine flottait partout. Mais les plus belles passions finissent par s'aigrir. La spéculation envenimait les frustrations et enflammait les convoitises. Après avoir été une libération, l'accession pour une bourgeoisie d'argent aux valeurs de l'art, elle devenait un asservissement maniaque. Orgueil dans l'opulence, elle se muait en malédiction dans les aléas de la vie difficile. Le génie de la famille se retournait contre elle. Les dons étaient devenus des chaînes.

La grande fragilité de la famille était dans ses nerfs. Pas un mariage, une première communion ou même un baptême sans son orchestre de disputes, de larmes, de crises de nerfs et de verre brisé. Quant aux enterrements, leur silence préludait à des empoignades, à de sordides déballages et à d'hygiéniques scènes d'hystérie collective. Car chaque mort c'était une illusion sur laquelle on jetait quelques poignées de terre et un peu d'eau bénite. Chaque disparition était une marche nouvelle descendue vers le déclin.

Ce sympathique enfer aurait pu au moins, comme tout malheur, être bon à quelque chose : donner des idées salutaires de fuite, de voyages, de rencontres. Rien de tout cela. Tous ces personnages qui s'aimaient et se détestaient à la fois dans des proportions variables se révélaient incapables d'échapper à la serre étouffante où prospéraient leurs vieilles rancœurs, toute une flore exubérante, vénéneuse, de complexes. Vivant mal ensemble, se rendant mutuellement responsables de leur déchéance, ils étaient en face d'une évidence accablante : ils ne pouvaient se passer les uns des autres.

Le mysticisme guettait ces grands émotifs qui flirtaient avec les monastères, les religieuses, les dames d'œuvres, le tiers ordre dominicain, les prédicateurs, les écrivains catholiques. Ils cherchaient dans un bref silence, une rapide méditation, un repentir expédié ce repos si impossible à leur âme slave tout en escarpements. Dans les ordres, c'était l'ordre qu'ils espéraient comme médecine au charivari familial. Il y avait d'autres remèdes : le suicide était une solution déjà connue. Plusieurs lui avaient préféré la déraison. A des degrés cliniques divers personne ne lui échappait tout à fait. Par une ironie du sort la famille avait enfanté un grand psychanalyste — comme une dose trop massive de poison produit ses anticorps —, qui voyait affluer vers lui tous les accidentés de la pathologie familiale.

La seule branche raisonnable était paradoxalement celle qui s'était liée au destin d'un génial et illustre poète plus mondain que maudit. La poésie, il est vrai policée, ses plus dangereux détonateurs désarmorcés par l'Académie française, devenait non plus un ferment de dissolution mais un instrument de réinsertion sociale. Là encore on ne faisait rien comme personne. La progéniture du Prométhée familial délaissait les tortures du mont Caucase pour les délices gourmées du Jockey-Club et les petits fours métaphysiques de la duchesse de La Rochefoucauld.

Indifférent à l'effondrement autour de lui, son chevalet planté sur un nuage, mon père peignait des fleurs. Sa seule préoccupation était qu'elles se fanaient trop vite. Il ne semblait attendre aucune reconnaissance d'un siècle avec lequel il n'entretenait que des rapports platoniques. En revanche il avait foi dans le dieu de la peinture qui, il n'en doutait pas, descendrait un jour de son Olympe pour poser sur sa tête une couronne de lauriers.

Mais j'oublie un dernier personnage important, quasiment mythique celui-là. Comme la

Dame Blanche des Habsbourg il apparaissait toujours à la veille des catastrophes, des ruines, des faillites, tantôt sous les espèces d'un marchand de tableaux, d'un chevalier d'industrie, d'un jongleur de capitaux. On le voyait arriver un matin, volubile, charmeur, plein d'entrain. Il séduisait, faisait briller dans un scintillement de chevalière de grandes conquêtes imaginaires, des martingales de réussite, des gris-gris pour conjurer la décadence ; il proposait des champs pétrolifères, un eldorado fiscal ou des affaires immobilières mirifiques sur la Costa Brava. On le considérait comme le sauveur. On lui confiait ses économies, les débris de sa fortune et le solde de ses illusions. Alors il disparaissait dans sa Cadillac blanche. On se retrouvait seul, beaucoup plus pauvre, avec cette amertume que laissent les beaux rêves. Un malheureux ancêtre payait les pots cassés : on le décrochait du mur du salon et il allait finir ses jours dans un musée de Houston ou dans la collection d'un fabricant de conserves de Chicago. S'il existe un dieu qui dédommage dans l'autre monde des ravages des aigrefins et des écornifleurs, j'ai quelque chance d'être un nabab en monnaie d'éternité. Mais paix à ces piteux escrocs. Ils nous ont rendu service en nous donnant l'illusion qu'ils provoquaient notre ruine alors que nous étions nous-mêmes les exécuteurs des hautes œuvres du destin.

Le secours, je le cherchais dans l'amour. C'était l'erreur à ne pas commettre. Comme la psychanalyse, il n'est bénéfique qu'à ceux qui n'en ont pas vraiment besoin. J'imaginais — le plus bête est que je le crois encore — qu'il me dédommagerait de tout ; qu'il serait ma famille, mon baccalauréat, mes études supérieures. De fait il a été un peu tout cela — et je lui pardonne d'avoir bien failli être aussi mon bouillon d'onze heures. Je n'ai appris vraiment que des femmes. Je leur dois, en plus de cette intelligence particulière qui naît comme une ultime lumière d'espérance au cœur des souffrances qu'elles infligent, ce sentiment de la fragilité douloureuse de toutes choses. J'ai toujours considéré les bonheurs de la vie, ses dérisoires conquêtes, à l'image de l'amour : fou de joie de les découvrir, certain qu'ils ne m'appartenaient pas, triste de les voir me quitter, ne désespérant jamais de les retrouver.

Je me souviens d'une nuit, la plage au sable froid, les ombres des marins ivres derrière les barques échouées. J'avais quinze ans. La nuit de la première fois. Qui alors est vainqueur, qui est vaincu ? L'amour est un mot magique, c'est un acte plus troublant encore. On ne sait jamais qui on est. On le cherche toujours. Dans cette initiation, on croit quelques instants s'être trouvé. On n'a fait que se mesurer à sa part obscure en accomplissant l'acte des ténèbres. On rejoint la grande geste de l'homme qui veut croiser son rêve et se retrouve plus nu. Il y a de l'exaltation à devenir un autre, à franchir la première épreuve du mystère. On voudrait crier tous les sentiments qui vous assaillent, son orgueil de vivre, sa foi dans l'avenir, son exubérance à rallier la fraternité millénaire des amants, sa joie de détenir la connaissance extrême de son corps par un autre corps. On voudrait se plonger dans l'eau glacée, se rouler dans le sable, pour partager sa fièvre avec l'univers et la nuit des temps.

A minuit, je la quittai devant chez elle. Elle avait noué autour de son cou mon tricot de marin dont les manches continuaient de l'étreindre. Je dansais sur les pierres du chemin. Je faisais des confidences aux étoiles. Pourquoi les aurais-je interrogées sur l'avenir ? Le bonheur présent me suffisait. Je me demandais comment préserver son intensité, conserver intacts son charme, sa saveur, éviter de rompre sa magie dans le sommeil. Soudain je voulus la revoir, me convaincre que je n'avais pas rêvé. Je revins sur mes pas. La certitude qu'elle venait vers moi, qu'elle m'appelait, me berçait. Je m'approchai de sa maison. La scène qui s'offrit à moi, je ne l'oublierai jamais : les désillusions les plus cruelles me paraîtront toujours des peccadilles comparées à l'atrocité de ce souvenir. Adossée à un mur peint à la chaux, sous la lumière mortelle d'un réverbère, elle était enlacée à un autre et l'étreignait. Quand je rencontrai son regard par-dessus l'épaule du rival, je pensai devenir fou.

Depuis cette nuit, avant tout dans l'amour je pressens la perfidie. Je la cherche, je l'attends, je m'y prépare — convaincu qu'il n'y a d'autre façon de la conjurer que de trahir le premier. Ou de choisir des professionnelles de la trahison. Ce principe jeta mon adolescence dans les bras des femmes adultères. La femme mariée qui s'abandonne, c'est la pécheresse, la lointaine cousine favorisée de la putain. On sait que son amour est impur. On sait qu'on la partage. On fait d'avance sciemment la part de la trahison et du mensonge.

Cette adolescence au cœur de l'adultère m'a peut-être plus marqué que je ne l'imagine : parfois on est grièvement blessé, le sang coule, on ne s'aperçoit de rien. Je me souviens d'une blonde de trente ans, pulpeuse, un peu vulgaire, qui m'obligeait à dormir dans le lit de son fils au pied de la couche conjugale où elle m'entraînait après le départ de son mari ; d'une brune aux longs cheveux qui me fixait un immuable rendez-vous, le jeudi après-midi, au Sélect, devant un chocolat bouillant : elle me parlait des grands philosophes ; nous montions dans ma chambre de bonne ; elle me quittait à cinq heures et demie pour aller préparer le goûter de ses enfants. Et cette fille d'un général au dos magnifique qui semblait dessiné par Ingres ; je la rejoignais par une de ces nuits de juillet si funestes aux couples légitimes, après avoir déposé mon Solex contre une haie de lauriers, en escaladant la véranda de sa villa du bord de mer. Au lever du jour, tandis que le soleil soulevait la brume sur la route des marais salants, j'avais l'impression d'être un dieu.

Dans l'adultère l'amour reconnaît sa malédiction. Tout le monde souffre. Le mari parce qu'il est trompé ; la femme parce qu'elle ment ; l'amant parce qu'il sait qu'il n'est rien. Un jouet dans la tempête des fantasmes. L'amant regarde le mari avec une pitié amicale comme l'image de son avenir. Sa jalousie, son aveuglement sont fraternels. On assiste à la répétition générale de la souffrance avant d'entrer soi-même en scène. On sait que l'on sera à son tour aussi faible, aussi lâche, aussi crédule, dans cette bataille sans gloire. A qui faut-il en vouloir ? A personne ! A la vie, tout simplement.

Pendant cette éducation sentimentale de la trahison qui m'avait conduit cahin-caha à vingt ans, j'avais été fidèle à un visage, à un masque. Dans son cadre noir, l'inconnue de la Seine veillait au-dessus de mon lit. Le visage pur et souriant d'une jeune noyée me parlait par-delà la mort une langue douce, musicale et mystérieuse.

Quel sentiment ignoré avait imprimé à ses traits cette joie que la vie n'accorde pas même dans les plus fervents instants de bonheur ? Jamais la mort n'a choisi une forme plus désirable, plus séduisante, comme si lasse d'apparaître sous des défroques monstrueuses elle avait voulu se faire aimable, rassurante. Beauté dans la vie, beauté dans la mort, qui hésiterait ? On ne balance pas entre quelques fugitifs éclats de soleil dans un miroir et la certitude de demeurer un printemps intact embaumé par le temps.

Par quel privilège cette jeune fille désespérée a-t-elle pu rejoindre les créatures imaginaires qui seules ont le pouvoir de durer, opposant au sablier leur figure de pierre ou le halo insaisissable des esquisses romanesques ?

Son image m'obsédait. Je la caressais comme on serre la crosse d'une arme dans sa poche quand on a peur. L'horizon bouché, l'amour trahi, la désolation de l'adultère, rien dans ce monde absurde ne me retenait. Devant la folie des situations, la mort devenait la seule solution raisonnable. J'étais certain d'y retrouver cette amie et son sourire. Je me décidais peu à peu à la rejoindre.

C'est alors qu'on se tua pour moi. A ma place. Elle avait dix-huit ans. Elle appartenait à ma famille, par le sang mais bien plus encore par les espoirs, la peau qui brûle de vivre, la générosité qui s'élance dans l'avenir avec pour seule cuirasse la certitude d'être aimé. Dans la morgue de l'hôpital Necker, je découvris toute l'horreur et la malfaisance de ma tentation : son visage d'où s'était effacée toute expression ressemblait à la pierre ; la vie en la quittant l'avait rejetée dans un monde minéral. Jamais le sentiment de l'intolérable ne m'a saisi aux cheveux avec autant de force. Sur ce drap blanc gisait celle qui demeurera à jamais pour moi l'image de la jeunesse trahie, volée. Je refaisais l'absurde calcul des hasards et des causes, la mathématique folle des circonstances qui lui avaient ouvert la porte du vide.

Se tuer à dix-huit ans, c'est jouer à se faire peur dans un miroir. A cet âge, on ne sépare pas encore le vrai du faux, on joue avec innocence à se tuer. Le suicide ne peut y être qu'un accident, un viol, comme toujours lorsque la réalité la plus brutale fait irruption dans un monde imaginaire.

Son âme survivait quelque part. Jamais comme le jour de son enterrement dans un petit cimetière du Béarn, tandis que le soleil éclairait, après la pluie, les grosses montagnes vertes, je n'ai éprouvé avec autant d'intensité la présence d'un être. Elle avait beau avoir quitté son corps, s'être volatilisée, elle était partout, dans les parfums des genêts, dans la musique du gave qui roulait entre les pierres. Au cœur des moments intenses et beaux comme au pire de la souffrance, elle ne m'a plus quitté. Cette petite voix douce devenue une mélodie triste ou gaie fait partie de ma vie.

Tant de gens usent leurs jours jusqu'à la corde, dont le souvenir n'a pas plus de résonance pour nous qu'un tronc vide. Sa vie, elle l'avait ébauchée, à peine effleurée, et je crois qu'elle aura plus qu'aucun être aimé recouvert d'une poussière dorée de mélancolie tout ce que j'ai vécu.

II

LA DESTRUCTION PAR L'AMOUR

Pour échapper à la destruction par l'amour, ils ont cherché le grand sommeil. La dignité froide de la mort est un beau refuge quand la dernière illusion vous a trahi. Se retirer de la vie au nom du plus grand appel de la vie. Les femmes distinguent vite ces jeunes hommes aux mains fragiles qui seront leurs proies. On voit dans un regard ceux qu'une seule étincelle fait brûler. Les hommages lassent, l'amour est lourd de trop de chaînes, il leur faut rafraîchir leur séduction avec le sang de ces grands sacrifiés.

A Venise, Barrès s'est installé au milieu de ces ombres. Avec sa mèche en aile de corbeau qui éborgne son œil noir, son profil de « fille pauvre et noble qui ne trouvera jamais de mari », il prend la pose sur fond de villes guerrières et de ruines : Tolède, Sparte, Antioche. Ce qu'il aime dans l'Orient, c'est le soleil et le feu. Il a trouvé sur le Grand Canal un tremplin à ses rêves de coupoles et de minarets et aussi quelques puissants ferments de désespoir. Entre les palais délités, dans les eaux vertes qui réfléchissent des dorures fanées et des grandeurs abîmées, il joue avec l'idée de la mort. Elle fascine ce ténébreux comme le grand instrument musical de l'infini, l'orgue sur lequel les souffles de la vie animent une partition fatale composée par le néant.

C'est en songeant à cette ultime guérison de la vie qu'il soigne ses blessures. Anna de Noailles a régné sur son cœur ; elle enchaîne encore ses souvenirs. Des humiliations que lui infligea cette sombre Hellène, il ne nous a rien dit. Son seul cri, c'est le héros désespéré d'*Un jardin sur l'Oronte* qui le poussera : « Qu'importe au véritable amour l'écume injuste de la vie. » Femme fatale. C'est à elle qu'il pense en écoutant le clapotis des vagues qui « en déferlant orchestrent l'éternel motif de la mort par excès d'amour de la vie », à sa victime, son neveu Charles Demange qui, à dix-huit ans, s'est tiré une balle de pistolet dans la tempe. Cette balle, il ne peut se défendre de la pensée qu'elle lui était destinée. Cette ville qui excite son imagination par une orgie de sensations, c'est le tombeau imaginaire qu'il dresse à ce grand amour destructeur, comme Chateaubriand avait bâti le sien pour Pauline de Beaumont à Rome, au cimetière des Français.

J'ai cherché en vain la maison où il habita, Fondamenta Bragadin, du nom d'un héroïque défenseur de Famagouste que les Turcs écorchèrent : sa peau, rapportée à Venise dissimulée sous des brocarts par des marchands de Constantinople, est aujourd'hui enchâssée d'or à l'église San Giovanni e Paolo. C'est un petit rio triste à la mine insalubre qui débouche sur la pleine lumière de la Giudecca, à quelques mètres de la pension Seguso où vécut Ruskin.

Venise est un curieux observatoire de la météorologie des passions. Les dépressions, les tempêtes, en font un triangle des Bermudes où s'abîment les cœurs. Mais si on ne retrouve rien des grands naufrages des Tropiques, ici tout porte témoignage. On suit les couples en perdition à la trace. Pourtant ils n'ont gravé leurs noms nulle part. Mais ils ont envoûté les lieux — Torcello, San Francesco del Deserto, le Lido, la Salute, le Rialto. Rarement une ville a possédé ce pouvoir de fascination sur les tempéraments mélancoliques. Est-ce parce qu'ils croyaient que l'accumulation de tant de beautés leur redonnerait le goût de vivre ou parce qu'ils cherchaient un concentré de ces ivresses qui, comme le laudanum, donnent la mort ? Venise, plaque tournante du désespoir, ultime volupté des trépassés en sursis.

Barrès a voué un culte particulier à Léopold Robert. Ce peintre a dissimulé son cœur derrière de grandes croûtes mornes et académiques comme *le Départ des pêcheurs de Chioggia*. Son art n'a pas été à la mesure de son âme blessée. Il n'a rien pu traduire de ses souffrances. Son talent est resté prisonnier de grandes compositions froides et emphatiques. C'est un David sans le tempérament. Une conception trop formelle de l'art a bouché son inspiration, asphyxié son imagination. Sa destinée le vouait à n'être qu'un artiste de sa vie dont la sensibilité, plus que le génie, est inséparable à jamais de ceux qui ont aimé Venise de toute leur folie et que, superbe, elle a laissés glisser dans ses eaux pourries aux algues vertes.

Ce jeune homme pauvre était amoureux d'une grande exilée de l'histoire et de la légende : une princesse Bonaparte qui l'avait accueilli à Rome. Elle avait vingt-neuf ans, elle était veuve : cela suffit à enflammer l'imagination. Cette fille de Joseph Bonaparte représentait l'amour disproportionné, impossible pour celui qui écrivait : « Je suis malade du mal de ceux qui désirent trop. » Il appartenait à ces êtres qui se figurent que les hasards de la vie composent un tribunal et se soumettent à ses ordalies insensées. En affrontant des épreuves toujours plus difficiles, ils veulent se convaincre que le monde n'a pas besoin d'eux.

Il faut s'être promené seul à Venise pour comprendre que c'est la ville la moins hospitalière à l'amour malheureux : les vastes *campos* déserts, le pas qui résonne sur le pavé, les soirées lugubres d'une cité sans lumières, le retour chez soi dans une couche humide, le salpêtre qui suinte des murs, et ce soleil orgueilleux qui illumine la lagune mais ne la réchauffe pas. La société est trop préoccupée par l'échéancier de son malheur pour se laisser distraire par un artiste. Comme si l'art pouvait encore étonner ici, dans une ville qui en est sursaturée ! On se cogne aux mêmes musées et aux mêmes visages fermés, l'estomac détraqué par une cuisine innommable. Et partout ces sommets de l'art, vertigineux, comme des cimes inviolées que l'on ne pourra jamais atteindre.

La souffrance que Léopold Robert laissait pénétrer en lui pour irriguer son monde intérieur soudain le submerge. A force de douter, les démons de l'incertitude vont dévorer cette magnifique et dérisoire illusion de soi qui le retenait, la dernière membrane protectrice du rêve. Au palais Pizani, à San Paolo, devant son fameux tableau, après avoir entendu le *Requiem* de Mozart et brûlé les lettres de celle qu'il aimait, il va s'ouvrir la gorge. Quelle débauche artistique ! La peinture, la musique, l'amour et la plus belle ville du monde servant d'écrin au désespoir.

Venise que l'on imagine magicienne est une empoisonneuse. Aucun des amants venus chercher près d'elle un philtre d'amour éternel n'est reparti indemne. Elle n'a épargné que quelques esthètes égoïstes. Musset y a contracté ce paludisme de l'âme qui l'a miné et qu'il soignait à grandes rasades de punch et d'absinthe. On ne se relève pas d'avoir été trahi à vingt ans. Elle a failli ensevelir dans ses eaux le cadavre exquis d'Aragon à l'époque où, fasciné par Nancy Cunard, pris au piège des pullmans de l'Orient-Express, de son palais du Rialto, il connaissait les affres et les humiliations d'un poète désargenté entre les griffes d'une belle milliardaire acharnée à sa perte. A bout d'arguments, il la menaça de se jeter dans un canal. « Vous n'en auriez pas le courage » fut sa réponse sans miséricorde. Il quitta Venise au lieu de la vie. Et ce fut ce cœur blessé que pansa Elsa.

Même Hemingway. Avec son col roulé en grosse laine, ses chemises à carreaux, son pantalon en velours côtelé, son sourire de généreux carnassier, ce costaud semblait de taille à ne pas se laisser impressionner. Pourtant je me suis souvent demandé si le vieil ours sensible du Michigan, venu retrouver sa jeunesse dans les bras d'une *contessa* de vingt-cinq ans, n'avait pas fait ici une de ses plus violentes cures de désespoir. Le Harry's Bar ne nous dit rien des détresses qui le conduisirent, dix ans plus tard, à appuyer sur la détente de son fusil de chasse dans son ranch de Ketchum. Il ne nous renseigne que sur son appétit et ses ivresses. Sa solitude était ailleurs.

J'ai habité la locanda Cipriani de Torcello où il vécut dans les années 50, un minuscule hôtel de quatre chambres dont les persiennes s'ouvrent sur un petit pont qui le voyait partir chaque matin, à l'aube, sur une barque à fond plat, pour massacrer les oies et les canards sauvages dans les eaux mortes et les roseaux. Que de sang répandu pour se soustraire à la tentation de retourner son arme ! J'ai rarement connu lieu plus désolé : après le départ du dernier vaporetto à six heures, les nuées de touristes envolées, on demeure seul dans l'île minuscule avec pour interlocuteur cinq ou six maisons et le campanile gigantesque et incongru de l'église Santa Maria Assunta. On se traîne sur la jetée au bout de l'unique canal. Le soir tombe ; déjà apparaissent les lumières de Burano et de Mestre. La vie n'apportera plus rien. La nuit vous prend à la gorge. A l'heure du souper, le *motoscafo* du Harry's Bar soulève encore quelques vagues en vrombissant sur le canal. De vieilles Américaines aux lunettes psychédéliques sont hissées sur le quai comme des marchandises de contrebande sous la lumière interlope des phares. On donnerait toutes ses espérances, tout son avenir pour un jeune visage. A quoi bon : il ne viendra pas. L'âme froissée, on monte dans sa chambre sous le regard de la matrone qui tient la caisse et jauge la marée basse de vos finances. J'espérais que l'ombre si chère de Hemingway me révélerait quelques secrets de ses amours et de ses vastes étreintes avec la vie. Elle ne m'a confié à Torcello que son angoisse, son impuissance et son désespoir.

Chateaubriand a compris comment il fallait user de Venise : la fuir toutes voiles dehors après avoir joui d'elle seulement quelques instants. Avec quelle frénésie il la quitte sans lui laisser le temps de lui inoculer ses germes. Et il n'est pas dit qu'il ait complètement échappé à la contamination. Pourquoi faut-il que la seule passion malheureuse qui ait embrasé ce cœur si sec, déréglé la mécanique de cet amoureux calculateur, ait été nourrie sur le chemin qui mène du pont des Soupirs à l'Alhambra où il a rendez-vous avec Natalie de Noailles ? Quel miasme de folie emporté de la lagune enténébrera son amour et lui fera écrire dans des pages arrachées aux *Mémoires d'outre-tombe* ce lamento égaré : « Une seule pensée emplissait mon âme ; je dévorais les moments : sous ma voile impatiente, les regards attachés à l'étoile du soir, je lui demandais des vents pour cingler plus vite, de la gloire pour me faire aimer. J'espérais en trouver à Sparte, à Sion, à Memphis, à Carthage et l'apporter à l'Alhambra. Comme le cœur me battait en abordant les côtes d'Espagne ! Aurait-on gardé mon souvenir ainsi que j'avais traversé mes épreuves ? Que de malheurs ont suivi ce mystère ! Le soleil les éclaire encore. Si je cueille à la dérobée un instant de bonheur, il est troublé par la mémoire de ces jours de séduction, d'enchantement et de délire » ?

Le vieil homme revenu réchauffer ses os et ses souvenirs à l'hôtel de l'Europe dans le sillage doré de la duchesse de Berry n'offrait plus de prise à la passion dévastatrice. La tête toute tournée d'ambitions grandioses, quel risque courait-il à offrir aux bonnes fortunes un viscère desséché ? Le prudent René acceptait d'affronter les maléfices de Venise à l'âge où ils ne pouvaient plus lui être fatals.

Le seul vrai remède contre Venise, c'est l'orgie. Casanova et l'abbé de Bernis l'ont compris ; mais ils s'y sont adonnés du bout des lèvres à la faveur des travestissements et des masques du carnaval. Leurs amours furtives n'étaient connues que des espions du Conseil des Dix. Byron a osé, lui, au grand jour, traiter Venise en putain. Il fallait tout l'orgueil d'un pair d'Angleterre possédé par le génie pour oser transformer la lagune en piscine et le palais Mocenigo en bordel. Au poids accablant de l'histoire, aux regards somptueux des Titien, des Véronèse, des Tiepolo, des Bordone, des Carpaccio, il répond par l'hydrothérapie et la partie carrée. Il fallait de l'aplomb pour réduire toutes ces grandes ombres à n'être plus que de simples voyeurs de sa débauche. Quel souverain mépris de l'art par lequel on accède seul à la liberté d'être soi-même un artiste !

Les trois années que le châtelain exilé de

Newstead Abbey passe à Venise sont celles où, pris de frénésie, il jette son feu destructeur sur toutes les créatures. Son palais ne connaît plus de jour ni de nuit. Il se brûle avec ses passions dans cette ville qui, surgie de marais malsains à la croisée de l'Orient et de l'Occident, s'épanouit comme l'ultime embellie artistique de la fin d'un monde. Lord Byron et ses femmes damnées dansent une bacchanale devant la décadence qui s'avance. C'est elle qui donnera à sa légende de belles ailes sombres.

Byron est le premier à avoir brossé le portrait de l'écrivain qui ne triche pas, qui doit payer de sa personne, souffrir dans sa vie les affres de ses personnages imaginaires et être le premier expérimentateur de la sensibilité qu'il exprime. Avec lui, l'écrivain se sépare de l'homme de lettres. Il n'est plus l'héritier d'une tradition, le champion toute catégorie d'une culture, le brave fabricant de vers ou de prose, l'honnête et habile faiseur de romans, le mercenaire d'un libraire ou d'une gazette, le polygraphe stipendié d'un théâtre, il devient le héros d'une tragédie. Il n'écrit pas avec de l'encre mais bien avec son sang. Byron est aussi éloigné des poètes de cour qui l'ont précédé que de l'artiste embourgeoisé, obsédé par les gros tirages et les honneurs du faste républicain qui va apparaître. L'artiste qu'il incarne est un homme hors du commun, insatisfait, frappé par la malédiction, ne connaissant ni bonheur, ni repos, ni satisfaction. C'est un passionné qui ne tire de l'amour que l'extase, l'amertume ou le désespoir. Et certainement il y a dans notre façon d'être malheureux en amour une hérédité byronienne. Quelque chose nous dit que le malheur rend génial.

L'artiste avec Byron rompt les amarres avec la société. Il entre en lutte avec elle. Il se veut au-dessus de ses lois et de ses conventions. Il ne cherche plus auprès d'elle une quelconque consécration. Il accepte d'être un asocial, un hors-la-loi de la plume et du cœur. C'est un aventurier avide de sensations nouvelles, de paysages, de rêves, aussi mal à l'aise dans le carcan des traditions aristocratiques que dans les principes confinés de la morale bourgeoise. C'est un révolté avide pourtant d'une gloire sombre et mystérieuse.

Avec Byron le maudit, c'est un nouveau

héros de notre sensibilité moderne qui naît des crépuscules orgiaques du palais Mocenigo ; ses parrains sont des fantômes : l'aristocratie qui finit, Venise qui meurt. Dans le même temps disparaît le héros immortel d'une autre légende, le Prométhée de Sainte-Hélène au ventre dévoré par un cancer, dont la symphonie de gloire et de sang retentit, triomphante, sur l'océan.

III

L'EMPEREUR DU DÉSESPOIR

« La balle qui me tuera portera mon nom. » Cette sentence frappée du sceau de l'orgueil impétueux, dont Stendhal avouait ne pas saisir le sens, éclate en une pluie de significations. Elle pourrait servir d'épigraphe au geste de tous les suicidés : le courage qu'ils tirent du malheur conduit à ces sommets de conscience de soi où ils rejoignent les grands conquérants. Elle prend tout son sens quand on en connaît l'auteur : Napoléon la prononçait lorsque ses maréchaux ou ses soldats le suppliaient de s'éloigner du cœur des combats où il se plaisait à défier la mort. Jamais la fierté d'être le maître absolu de sa vie n'a été aussi forte ; jamais on n'a osé proclamer d'une voix si haute sa conviction de n'être justiciable d'aucune arme fortuite, d'aucun franc-tireur du hasard, mais d'un décret promulgué par les dieux. C'est l'empereur des terres sous le soleil qui n'admet pour seul suzerain que le maître qui règne sur l'empire des ombres et a pris la mesure secrète de sa trajectoire terrestre.

La vie glorieuse de Napoléon s'épanouit à l'intérieur d'une parenthèse qui s'ouvre et se ferme sur le suicide. Qu'il s'agisse d'une velléité et d'un acte manqué importe peu. Seule compte la tentation qui, à vingt ans de distance, manque de basculer ce monument de volonté dans le néant.

Jeune lieutenant d'artillerie de dix-sept ans appartenant au régiment de La Fère en garnison à Valence, Bonaparte songe à en finir. Le sentiment de l'échec qui arme si fort la résolution des grands hommes le submerge : proscrit dans son pays, exilé, voyant ses appuis disparaître, il craint que la vie ne soit jamais l'égale de ses rêves ; la médiocrité le dégoûte. Ses virtualités prisonnières l'étouffent. L'adolescent impatient qu'il ne cessera jamais d'être se sent accablé. Tant de songes, si peu de moyens de leur être fidèle ! Plutôt que de les trahir il préfère la mort. Il écrit : « Toujours seul au milieu des hommes je rentre pour rêver avec moi-même et me livrer à toute la vivacité de ma mélancolie. De quel côté est-elle tournée aujourd'hui ? Du côté de la mort. Quelle fureur me porte donc à vouloir me détruire ? Que faire dans ce monde ? Puisque je dois mourir ne vaut-il pas autant se tuer ? »

Cette tentation du suicide, il croira l'avoir oubliée. Elle se tiendra dans un repli de son âme comme une braise qui ne demande qu'à se rallumer. Quand trouverait-il le temps d'y penser ? L'action le dévore. Il joue avec les trônes, remodèle la carte de l'Europe, ne songe à Moscou que comme à un tremplin vers l'Orient, cette Inde si chère dont la défaite de Saint-Jean-d'Acre lui a coupé la route et où il voudrait retrouver les traces d'Alexandre. Il chevauche sous la pluie et dans la neige mais c'est le galop éperdu de son imagination qui le précède. Sa vie tout en tumulte ne lui laisse aucun répit. Il faudra le rêve brisé, l'Empire effondré, la France envahie pour que la braise enfouie vingt ans rejaillisse : à Arcis-sur-Aube, pendant la campagne de France, il charge à fond les hordes cosaques à la tête d'une poignée d'officiers. Il cherche la mort comme César à la bataille de Munda. En vain.

Quelques jours plus tard, le 12 avril, il est à Fontainebleau. Des flambeaux éclairent la nuit. Le grand vent de la défaite a dispersé les courtisans. Seule la garde en armes veille sous les fenêtres du château. Les larges pans de l'édifice imaginaire qu'il a construit s'effondrent : trahison du maréchal Marmont, duc de Raguse, trahison du maréchal Ney, duc d'Elchingen, prince de la Moskova, trahison de Cambacérès, d'Oudinot, de Lefebvre, de Moncey, trahison... Quelques fidèles autour de lui : les maréchaux Caulaincourt et Macdonald, le comte de Turenne. Dans ce palais où s'engouffre la désolation, la légende qui s'effiloche laisse place aux rumeurs folles. On parle d'assassinat. On suppute les risques de la fureur populacière. L'océan des grandes conquêtes a disparu : c'est la marée basse du pouvoir embourbé dans l'adversité.

Alors, Napoléon retrouve la blessure ouverte de son adolescence. Autour du cou, dans une gaine de taffetas noir, il porte une fiole de poison : laudanum, ellébore blanc, belladone. Son chirurgien, Yvan, le lui a préparé en Russie après le hourra de Malo-Jaroslawetz où il a failli tomber aux mains des Cosaques. C'est la dose employée par Condorcet et le cardinal de Loménie. Cette fiole ne l'a plus quitté ; elle a battu sur sa poitrine à côté de son cœur dans toutes les chevauchées de la défaite.

En pleine nuit, Napoléon porte le poison à ses lèvres. Puis il se recouche et attend. A trois heures du matin, la douleur lui déchire le ventre. Sentant sa fin approcher il fait appeler Caulaincourt. Le maréchal l'aperçoit couché dans la pénombre, à peine éclairé par une lampe de nuit. Napoléon lui confie une lettre pour l'impératrice. Il dit : « Donnez-moi votre main », puis : « Embrassez-moi. » Le maréchal pleure. L'Empereur lui adresse ses dernières recommandations : « Dans peu, je n'existerai plus. Portez alors ma lettre à l'impératrice ; gardez les siennes avec le portefeuille qui les renferme, pour les remettre à mon fils quand il sera grand... »

La souffrance augmente. Son visage se crispe. Fièvre et sueurs froides se succèdent. D'une voix faible, exténuée, il soupire : « Qu'on a de la peine à mourir ; qu'on est malheureux d'avoir une constitution qui repousse la fin d'une vie qu'il me tarde de voir finir... » Des vomissements l'interrompent. Il demande au docteur Yvan une dose de poison plus forte. Celui-ci refuse et quitte la chambre bouleversé : dans le vestibule, une crise de nerfs le terrasse. Plus tard l'Empereur demande en vain à ses domestiques une brasière de charbon pour s'asphyxier.

A onze heures du matin, il émerge victorieux de son corps à corps avec l'agonie. Ses traits défaits portent les traces de son combat. Il reçoit Caulaincourt : « Je vivrai, puisque la mort ne veut pas plus de moi dans mon lit que sur le champ de bataille. Il y aura aussi du courage à supporter la vie après de tels événements. J'écrirai l'histoire des braves... » Il semble alors s'absorber dans un rêve. S'il est condamné à vivre, c'est que sa mission n'est pas achevée. Quelle part de gloire l'avenir lui réserve-t-il encore ? Déjà il fortifie le mince territoire d'espoir sur lequel le relègue l'adversité. Si peu d'appuis dans la réalité suffisent à son imagination pour s'élancer vers d'autres conquêtes, bâtir, ouvrir la porte des mondes.

Le suicide, dont par deux fois Napoléon esquisse le geste, apparaît comme une aberration de ses facultés, une crise subite d'abdication de soi. Tout son comportement, toute sa vie le repoussent. Il n'en fait l'expérience que par accident, contre sa nature profonde. Cet homme de volonté n'a plus le sentiment de s'appartenir. Il n'est plus libre de mettre un terme à son existence. La date de sa mort est inscrite sur le grand livre d'En haut. Son rôle est de dominer les forces obscures, les ombres, le hasard, l'irrationnel. Pourquoi se donnerait-il la mort ? Pour quel bénéfice illusoire ?

C'est avec la mort qu'il a disputé ses parties les plus acharnées pour imposer la loi de son rêve. Chaque bataille gagnée ou perdue portait la marque de son chiffre noir. Chaque attentat déjoué repoussait un de ses assauts. C'est en canalisant les forces de mort anarchiques de la Révolution qu'il a édifié son empire. La mort est son ennemie. S'il avait pu, il aurait élevé contre elle un blocus continental, coalisé pour la vaincre des puissances immenses. Lui abandonner le terrain, c'est se livrer aux courants de la destruction qu'il a voulu organiser. Faire alliance avec la mort, c'est trahir toute son œuvre.

Le suicide l'irrite autant que l'amour. Deux dissolvants, deux tentations illusoires qui dissimulent sous des charmes les deux appétits voraces de la nature : l'impulsion de donner la vie, l'impulsion de se détruire. Le suicide par amour représente pour lui le rêve d'un rêve, la plus folle et néfaste des chimères. C'est pourquoi il stigmatise le geste du grenadier Gobain dans une proclamation à l'armée d'Italie. Il ordonne que soit mis à l'ordre du jour de la garde « qu'un soldat doit savoir vaincre la douleur et la mélancolie des passions ; qu'il y a autant de vrai courage à souffrir avec constance les peines de l'âme qu'à rester fixe sous la mitraille d'une batterie. S'abandonner au chagrin sans résister, se tuer pour s'y soustraire, c'est abandonner le champ de bataille avant d'avoir vaincu ».

Ce thème, comme il est fantastique de le voir resurgir dans la nuit glacée qui précède Austerlitz ! Tous ces corps d'armée dont la marche a ébranlé les ponts du Rhin, venus de Boulogne, de Hollande, du Hanovre, attendent, affamés, sur cette terre de Moravie, le choc avec les forces autrichiennes et russes. Faute de nourriture, l'eau-de-vie coule à flots dans les bivouacs. Napoléon, établi dans une bâtisse en torchis sans portes ni fenêtres qui domine le plateau de Pratzen, soupe avec son état-major. La table impériale est dressée : sur une longue nappe blanche brillent les couverts en argent. L'Empereur se contente de pommes de terre et d'oignons. Dehors, dans l'obscurité, les sentinelles interpellent les ombres, exigent le mot de passe : « Arcole... — Rivoli. »

L'Empereur éprouve une saturation de réalité : il n'a cessé d'échafauder des plans de bataille, de calculer, de chiffrer, de mesurer, de comparer. Il lui faut une incursion dans l'imaginaire. Il interroge Junot sur la vie théâtrale à Paris. On parle d'une pièce de Raynouard, *les Templiers.* Soudain il s'échauffe : « Dans ces templiers, il n'y a qu'un seul caractère bien dessiné : celui d'un homme qui veut mourir. Cela n'est pas dans la nature, cela ne vaut rien. Il faut vouloir vivre, et savoir mourir. » Il se tait, puis évoque Corneille : « C'est la politique qui doit être le grand ressort de la tragédie moderne. C'est elle qui doit remplacer sur notre théâtre la fatalité antique. Cette fatalité qui rend Œdipe criminel sans qu'il soit coupable... »

L'imagination avivée, il revient à sa défaite devant Saint-Jean-d'Acre, la fin de son rêve oriental. A la veille d'une de ses plus éclatantes victoires, c'est l'échec qu'il caresse : « Si je m'étais emparé d'Acre, je prenais le turban. Je faisais mettre de grandes culottes à mon armée, je ne l'exposais plus qu'à la dernière extrémité ; j'en faisais mon bataillon sacré, mes immortels. C'est par des Arabes, des Grecs, des Arméniens, que j'eusse achevé la guerre contre les Turcs. Au lieu d'une bataille en Moravie, je gagnais une bataille d'Issus, je me faisais empereur d'Orient, et je revenais à Paris par Constantinople. »

Puis il sort dans la nuit. Il va inspecter les derniers préparatifs. Descendu de cheval, il bute sur une souche. Un grenadier allume une brassée de paille pour l'éclairer. Son voisin l'imite. Et bientôt c'est toute l'armée qui s'embrase. Les feux illuminent les hauteurs du plateau de Pratzen, on les voit de Girzikovitz à Schlapanitz, sur la route de Brünn à Olmütz. L'ennemi interloqué croit à une attaque, puis à une retraite. Quelle place occupe encore le suicide dans l'esprit de cet homme qui s'avance parmi ses soldats qui tendent à bout de bras des brandons enflammés et poussent des cris et des vivats ? Ces lumières qui amplifient l'obscurité, c'est comme si des milliers d'âmes devinant leur sort brillaient déjà dans les constellations de la mort.

A Sainte-Hélène, hors de tout champ d'action, sa pensée dérive. Toutes les contradictions, qui se résolvaient en conquêtes, resurgissent. Il est conscient d'offrir à la postérité le tableau magnifique d'une infortune peu commune après des succès inouïs déjà entrés dans la légende. Cette fin austère et tragique, après une jeunesse qui le fut aussi, encadre bien sa gloire. Un jour de vague à l'âme il avoue pourtant au duc de Rovigo : « J'ai parfois l'envie de vous quitter et cela ne doit pas être bien difficile. Il ne s'agit que de se monter un peu la tête et je vous aurai bientôt échappé. Tout sera fini et vous irez rejoindre vos familles ; d'autant plus que mes principes intérieurs ne me gênent nullement. »

Mais, le lendemain, il n'y pense plus. S'il revient sur le sujet de sa mort, c'est avec la distance d'un artiste qui voudrait retoucher son autoportrait. Il en suppute l'effet : mort à la Moskova... à Moscou... à Dresde... Non, il aurait dû mourir à Waterloo — « l'amour du peuple, ses regrets ! ».

Le suicide de Napoléon ! Quelles ailes noires il aurait données à sa légende ! Plus belles que celles que lui a données la longue agonie sur un rocher perdu ? Il nous fait seulement rêver sur un des grands mystères de la puissance. Qu'une telle énergie à vaincre, une si impressionnante fureur de respirer, que n'avaient pu réduire qu'avec peine toutes les forces de l'Europe coalisées, aient failli un soir de désespoir s'effacer de la terre par le simple effet d'une tisane de plantes vénéneuses...

IV

ÉCRIRE AVEC SON SANG

C'est un long jeune homme de vingt-sept ans, blond, le regard bleu, qui rêvera toujours d'être un homme à cheval. Il revient de cette saison en enfer qui a englouti sa génération avec des incertitudes sur sa vie, le sens de la fraternité, l'ivresse animale des combats corps à corps. Mais il est marqué : décidément, il sera toujours *à part*. Étudiant déjà il aimait trop passionnément les idées pour se plier au moule conformiste de l'École des sciences politiques, ce gaufrier de la promotion sociale ; soldat, il s'est promené dans les trous d'obus avec les *Grandes Odes* de Claudel et les poèmes de saint Jean de la Croix déchiquetés par les shrapnels. Pierre Drieu La Rochelle débarque de la guerre comme on retrouve la terre ferme, avec précaution. Ce jeune homme élégant, aimant le luxe comme une seconde patrie, jette un regard nonchalant et désabusé sur le monde qui l'entoure. Que faire ? Éternelle interrogation adolescente aux déités de la destinée. Partagé entre les séductions de la vie facile et le mépris de cette société où règne le laisser-aller de la décadence, il ne sait quel parti prendre. Il ne voit plus très clair. Il tâtonne. Alors il se penche sur lui-même. Il revient après la grande tempête guerrière à cette île miraculeusement épargnée. De son identité il retient surtout la marque sociale indélébile. Il se délivre d'un petit livre inclassable : *État civil.* Et dans cet essai, à la fois constat, interrogation, aveu et exorcisme, il y a déjà tout Drieu. Tout, sauf sa mort qui jette sur lui cette séduisante lumière noire.

Le premier constat amer du jeune démobilisé, c'est sa tare bourgeoise, petite-bourgeoise. Cette obsession sera la poisse qui collera à l'existence de son double littéraire, Gilles. Quand la biographie pèse sur le destin, le quotidien sur le rêve, il n'y a pas besoin d'aller chercher loin l'explication : la bourgeoisie.

Drieu ne cessera de se demander pourquoi il est né dans cet humus médiocre, lui qui se sent fait pour les grands espaces de la gloire. Cette question il se la posera toujours. Et de tout son être, de tous ses engagements éperdus, de toute son œuvre, il ne cessera de tenter d'échapper à cette fatalité qui l'a fait naître dans le camp de cette race qu'il méprise mais à laquelle il appartient : les bourgeois. Il butera toujours sur ce nœud de contradictions qui lui fait haïr ce qu'il est : un homme à l'hérédité paperassière, boutiquière, à l'horizon borné par une tradition familiale et sociale mesquine, économe, prudente : « Je m'en tiendrais à cet étroit déterminisme d'être né à Paris dans le 10e arrondissement, d'un père de Coutances et d'une mère de Neuilly. »

La vie et l'œuvre de Drieu sont parcourues de grands mouvements de révolte contre l'état civil. Que de tentatives pour tenter d'exister hors de cette fatalité ! Et les trois types d'hommes vers lesquels iront ses rêves, qu'il esquissera lui-même dans le dessin tout à la fois décidé et hésitant de ses actes, sont autant de défis au monde bourgeois : le héros, l'artiste, le mystique.

Quand, à dix-sept ans, ce que je ne peux appeler le hasard plaça *Gilles* entre mes mains, ce fut une révélation accablante. Je m'étais « trouvé », Drieu incarnait tout ce que je cherchais : modèle fait d'héroïsme fragile, de séduction désabusée, d'élégance nonchalante, de noblesse dissimulée sous le masque de l'ironie, d'incertitudes passionnées. Comme j'aimais cette ambivalence qui le préservait des convictions pesantes, de l'esprit de sérieux, écueil mortel pour tant de nos admirations. Et dans le sillage de ce long jeune homme au front bombé comme une coupole, quelques livres amers et déchirants où l'auteur se mettait à mal avec une joie féroce, des femmes, beaucoup de femmes, du monde et de la rue, femmes riches, magnifiques goélettes déployant leurs voiles de Poiret, écume raffinée d'une Mitteleuropa en perdition ou créatures surgies des nouveaux continents, américaines, argentines comme Victoria Ocampo ; la politique parce que c'est une activité dangereuse, plus que la guerre qui l'épargna, mais surtout parce qu'elle est, comme elle, créatrice d'une fraternité. Drieu : ni un père comme Malraux, statufié en pleine gloire, ou Montherlant à la perfection écrasante, un grand frère qui n'impose rien sinon ses doutes et pousse la délicatesse jusqu'à vous dissuader de l'admirer.

Par-dessus tout sa mort me séduisait. Elle donnait à son personnage l'unité qui lui avait manqué. Elle authentifiait ses blessures, rétablissait un équilibre interne entre sa vie et ses livres. Grâce à elle, on l'avait pris au sérieux. On se méfie de la coquetterie du désespoir chez les écrivains. Ils savent le noir plus seyant, un cœur blessé plus émouvant qu'une trogne réjouie. Quelle tentation d'en abuser ! L'existence hétéroclite de Drieu prêtait aux plaisanteries ; sa mondanité laissait croire qu'il était superficiel, son activité politique incohérente, versatile, provoquait des haussements d'épaules et donnait à penser que la littérature n'était pour lui qu'un passe-temps. Son suicide a imposé le silence : ainsi il n'avait pas triché. Sa sincérité n'a plus été remise en cause. On l'a enfin lu comme on devrait lire tout écrivain : sans le suspecter de jouer la comédie.

Maintenant on entre dans l'œuvre de Drieu sur la pointe des pieds, avec respect. C'est comme si son long corps reposait près de nous avec une dose de véronal à son chevet. Rarement un écrivain nous aura obligés à ce point, pour accéder à son œuvre, à séjourner d'abord dans sa chambre mortuaire. Quand nous lisons les mots « mort », « suicide », « désespoir » sous sa plume, nous sommes saisis d'effroi. Ils n'ont pas été jetés au hasard comme une quelconque verroterie romantique pour orner un discours. C'est son sang que nous voyons couler.

Si j'aimais tant Drieu, c'est aussi parce qu'il avait ouvert un chemin lumineux sur les décombres. J'aimais cette mort de vaincu dont la noblesse embarrassait ses détracteurs. Je retrouvais dans sa vie une question qui me hantait : comment se conduire en aristocrate dans un monde fichu ? Il m'apportait la preuve qu'on pouvait échapper aux poisons corrosifs de la médiocrité sociale, aux humiliations des destins étriqués, par la magie de la littérature.

C'est ce Drieu-là que j'aimais et non l'autre, celui de l'antisémitisme, de la collaboration, qui — je n'introduis aucune appréciation morale dans ce jugement — m'a toujours paru inférieur. La politique, qui a élargi sa vie, a réduit son style. Quant à ses « erreurs », si elles ne m'ont bien entendu pas attiré vers son œuvre, elles ne m'ont pas non plus gêné pour l'admirer. Tout cela paraît bien démodé aujourd'hui, comme le bric-à-brac idéologique d'une époque révolue, de vieux explosifs éventés des batailles antidreyfusardes avec lesquels il jouait sans mesurer à quel point ils pouvaient être mortels.

J'étais sensible à ce risque qu'il avait introduit dans l'amour comme dans la politique à tous les instants de sa vie. Cette fascination, je découvris vite que je n'étais pas le seul à l'éprouver. Il existait une Église invisible des amis de Drieu, liée à la droite littéraire mais ne coïncidant pas avec elle. C'était une franc-maçonnerie avec son parcours initiatique, ses mots de passe et cette ferveur si particulière aux minorités qui adorent secrètement un dieu. Pendant la longue période où ses livres n'étaient pas réédités, il fallait mériter Drieu. Quelle émotion alors de lire un de ses romans prétendument introuvables, dans sa couverture d'époque, après tant de courses vaines chez les bouquinistes !

Il fallait aussi se procurer les repères indispensables : *Aurélien* d'Aragon, *la Panoplie littéraire* de Bernard Frank, *Trois pas en arrière* d'Henry Muller, *Présence des morts* d'Emmanuel Berl. Parfois, imitant les plus fanatiques, j'allais demander rendez-vous sous un fumeux prétexte à Berl, à Muller, à Bertrand de Jouvenel, attendant d'en arriver à la question qui me brûlait : « Et Drieu ? » J'étais toujours frappé par le haut degré d'estime, d'amitié intacte au-delà des divergences politiques, dont les réponses portaient témoignage. S'agissant de l'homme, deux mots revenaient toujours : noblesse, générosité.

J'en arrivai bientôt à m'intéresser non plus seulement à ceux qui avaient connu Drieu, mais à ses « héritiers », aux épigones. Peu d'écrivains parmi ceux qui avaient eu vingt ans à la fin de la guerre avaient échappé à la fascination que j'éprouvais. La postérité était plus favorable à Drieu que ne l'avait été sa vie. Il aurait pu dire, comme Gogol : « Mon nom sera plus heureux que moi. »

Drieu, c'est d'abord un prince de l'inachevé. La puissante séduction qu'il provoque émane de entiment qu'il n'a rien vraiment terminé, ni sa vie, tronquée par son suicide, ni son œuvre — les derniers chapitres de son roman *les Mémoires de Dirk Raspe* ont été interrompus par la mort —, mais ce sentiment s'étend aussi à ses amours brusquement rompues, à ses amitiés à la fois fidèles et orageuses qui se brisaient comme du cristal, ou à ses engagements politiques faits d'enthousiasmes et de déceptions qui aujourd'hui encore le rendent insaisissable. « Je n'ai jamais pu aller au bout d'un amour ou d'une amitié », répétait-il. Lassitude ou plutôt angoisse d'un homme trop sensible qui veut préserver les sentiments de leur destruction inéluctable, de la fatalité de l'échec.

Cette obsession de l'échec parcourt la vie et l'œuvre de Drieu comme un long frisson : l'échec de la société qui ne vous soutient plus, discréditée par ses reniements, enlisée dans ses lâchetés, c'est la décadence ; l'échec de l'amour, c'est le témoignage de sa propre insuffisance, de son incapacité à retenir ces bourgeoises fugitives qui, lassées de ses incertitudes, rejoignent vite les territoires de terre ferme du mariage ; échec de l'amitié, ferment de toutes les jalousies, qui ne dissimule qu'un temps le vrai visage de la haine fratricide. Mais ces ratages ne surviennent pas à l'improviste, ils sont prévus, vécus par avance, ils sont même la consécration d'une analyse, d'une clairvoyance jamais prise au dépourvu. Tous les échecs étaient prévus par cette Cassandre hyperlucide de soi-même et il ne peut s'empêcher d'en jouir comme de son seul succès : celui de ne pas avoir été dupe.

A côté de ce domaine d'ombres, il y a des lumières dans l'œuvre de Drieu, lumières clignotantes de l'amour physique, de la camaraderie plus que de l'amitié.

Les tourments de ses amitiés blessées apparaissent chez Drieu plus pathétiques encore que ses amours déçues : Aragon, Emmanuel Berl demeureront des échardes douloureuses. Seule subsistera une amitié forte, indestructible, avec Malraux, faite d'admiration et d'estime réciproques. Si son amitié avec Malraux n'a pas connu d'orage c'est peut-être parce qu'elle était elle-même l'orage constitué de ces deux natures violentes venant des deux pôles de la vie politique. Rien de plus romantique, de plus noble que ces rencontres passionnées entre deux hommes qui pendant des nuits entières se raccompagnaient l'un chez l'autre dans Paris, tentant de rester lucides dans une époque où le dialogue n'existait plus, à l'ombre des étendards où fascistes et communistes aiguisaient leurs longs couteaux. Prévoyant la tourmente qui les emporterait, les séparerait, ils l'admettaient par le même amour fasciné de l'histoire, convaincus qu'à travers toutes les péripéties, la mort même, leur amitié survivrait. Ils étaient des chevaliers qui communiaient dans une même admiration pour leurs héros.

La passion de l'héroïsme chez Drieu n'est pas éloignée de la fascination de la mort. L'extase du héros n'est-elle pas un avant-goût des saveurs de l'au-delà ? Surtout, c'est un être d'exception, un élu choisi parmi d'autres pour incarner un destin éclatant. Il appartient à la race des chefs et non à la population morne et moutonnière que draine la conscription. On sait tout le parti littéraire que Drieu a tiré de ce mythe du héros dans un de ses plus beaux livres, *la Comédie de Charleroi.* Au cœur de la tourmente et des orages d'acier, il nous offre son initiation à la grande cérémonie de la guerre. Loin d'être écrasé par la grande machine meurtrière, c'est là qu'il a la révélation de sa force, de son être. Il touche enfin au surhomme. Aussi Drieu tout au long de sa vie ne reviendra-t-il jamais à la guerre comme à une blessure mais comme à une nostalgie. La guerre lui avait permis d'oublier une blessure sociale autrement douloureuse, le cancer de la médiocrité qui avait rongé sa jeunesse, l'école castratrice aux maîtres prétentieux et insignifiants, la famille déchirée par le manque d'argent, le père aimé mais si peu admiré, ce sont là les vraies souffrances de ce héros qui a traversé les combats comme un divertissement au mal de vivre.

A cela s'ajoute le grand rêve de gloire de l'aventure napoléonienne. Grâce à lui, dans un monde qui s'endort il retrouve ce qu'a pu être la ferveur d'une jeunesse pour un héros hors du commun : « Ces hommes avaient connu un grand et total amour. Ils avaient aimé d'une passion folle et délicieuse un homme, un dieu. Cet amour avait rempli le monde, et je ne peux pas croire que son nom n'a pas retenti jusqu'aux étoiles, entrait en moi petit enfant, un siècle après et consumait mes veillées. »

La guerre avait fait vivre Drieu dans la griserie d'un grand jeu dont sa vie était tout à la fois la mise et le gain. C'est la paix, la doucereuse et morne paix qui le tuera. Il ne la supporte pas. Elle ne lui donne plus aucun prétexte pour exprimer sa violence intérieure. Homme d'action sans mobile, sans cause, il s'étiole. Il cherche des succédanés dérisoires : les femmes, la politique. Les femmes ! Il séduira les bourgeoises pour mieux les torturer, leur manifester son mépris. Il ne parle jamais d'elles sans un mot cruel : « Ce sont des bourgeoises qui tiennent avant tout à leur salut personnel. » Les femmes qui le fascinent sont aux deux extrêmes de la société : les femmes riches qu'il étreint désespérément ou les prostituées, la vérité nue de rapports payés. Mais le grand ersatz de la guerre, ce sera la politique. Il le répétera : ce qu'il a aimé dans la vie publique, c'est la fraternité, la chaleur animale des meetings. Tandis que le souvenir de la guerre s'estompait, Drieu la retrouvait par des chemins mystérieux, avec Doriot à Saint-Denis, et dans l'anonymat populacier des bordels.

L'écriture, pour Drieu, ce sera le moyen

privilégié de son auscultation intérieure et l'unité divine que recherchait cet intellectuel rongé par les contradictions. De ses premiers poèmes, qu'il publie sous le titre révélateur d'*Interrogations,* jusqu'au journal qu'il tiendra le jour même de sa mort, il ne cesse de se prendre le pouls, de chercher la vérité qui unifie sa vie au-delà de ses engagements contraires, avortés. Gilles, son double, sera sa caricature monstrueuse et fraternelle : l'homme toujours tenté par l'action mais qui n'aboutit pas. Un Drieu à qui il aurait manqué le talent, le grand secours salvateur de la littérature. Il y a du romantisme dans sa délectation à ressasser les ratages de sa vie comme s'ils lui donnaient le droit à la forme supérieure de la réussite : celle de l'artiste. En méprisant le bonheur, cette grande aspiration tiède des bourgeois, il brise encore ses liens avec ses origines. Même si parfois on lit sous sa plume quelques regrets : « Je ne me console pas en m'utilisant comme personnage de roman de n'être point un homme accompli. »

La bourgeoisie, dans l'œuvre de Drieu, c'est son territoire d'expérimentation. L'ensemble de ses livres pourrait s'appeler « Rêveuse bourgeoisie ». Tous les types y sont représentés : les bourgeois riches et les ruinés, les ratés, les ambitieux et les velléitaires, tous s'enlisent à leur manière dans le marécage de leur origine sociale. On a fait pour eux un monde douillet, confortable, qui paralyse leur volonté. Ceux qui n'aspirent pas à l'argent se détruisent en se regardant dans le miroir de la société qui reflète leur terrible médiocrité. Il leur manque l'idéal, le sang, le goût du dépassement. Ils n'ont ni la générosité du peuple ni ces vestiges de l'idéal de la chevalerie que l'on observe chez certains aristocrates. Drieu hait cette race de bourgeois abâtardie, physiquement avachie, sceptique et plastronnante, dont la représentation politique est le radical-socialisme et son chantre Édouard Herriot. En eux il ne veut pas reconnaître sa France.

Drieu, petit-bourgeois né trop tard dans un monde trop vieux, désabusé mais toujours hanté par la gloire ! Comment n'aurait-il pas séduit tous les orphelins des idéologies, qui se retrouvent dans ses interrogations. Ces têtes éternellement adolescentes ont trouvé un grand frère qui lui aussi a vécu leur confusion, politique et littérature, grands rêves d'engagement et profonde solitude, désespérance et ferveur devant ce siècle que n'éclairent plus les grandes épopées de l'esprit et des armes.

Drieu a voulu vivre jusqu'au bout ses contradictions. Il leur a été fidèle, ainsi qu'à deux ou trois manies d'aristocrate manqué : les belles cravates, les femmes abandonnées — c'est un trait chez lui de n'aimer les femmes que lorsqu'elles n'ont plus besoin de lui. Dans ce monde en décomposition, il a promené une silhouette de grand adolescent intelligent et boudeur qui, toujours déçu par des actions décidément trop loin de ses rêves, décide au moins de se comporter et de mourir avec élégance. Il nous a légué ses doutes de vaincu. Et ce conseil : s'agissant de vivre, il n'y a aucune recette, sinon de finir proprement.

Sur sa tombe, au cimetière de Neuilly, on éprouve un sentiment de frustration. Est-ce vraiment là qu'il repose ? Cette sépulture banale, ce n'est pas celle que l'on imagine à un homme qui n'a quitté la vie que pour mieux la hanter. Jamais un mort ne nous a laissé cette impression de voyager si souvent, d'errer dans les rues et les esprits, de regarder par-dessus l'épaule de son lecteur. C'est pour cette raison que Drieu figure une sorte de parangon des suicidés, que son exemple recèle des poisons à ne pas laisser entre toutes les mains : sa mort a soudain mis en scène sa vie. Comme s'il ne l'avait choisie que pour mieux exister sous l'apparence brumeuse d'un séduisant fantôme.

V

LES NOYÉS DE L'HISTOIRE

L'histoire est une machine qui ne produit de la lumière que parce qu'elle projette des ombres. Ces hommes que la politique a conduits au suicide, au lieu du bonheur escompté, évoquent pour moi ces noyés que l'on tire sur le sable, l'été, sur les plages de la côte basque. Tout exprime la gaieté et l'insouciance des vacances : les enfants jouent au ballon, les petites filles poussent leurs cris aigres, les jolies femmes se font dorer avec amour la peau qu'elles prêteront aux caresses. Soudain l'atmosphère se fige devant un cadavre rejeté par les vagues. La mort au milieu des parasols et des baigneurs éteint le soleil. Elle apporte une idée glacée qui révulse l'imagination. Elle s'impose avec insolence aux images de la vie.

Les écrivains se lancent dans la politique moins par illusion d'une conviction que par désir de vivre plus largement. Ils s'imaginent que l'étreinte des foules, les séances houleuses dans les hémicycles, la grande bousculade des opinions rempliront leurs poumons d'un air plus tonique et leurs yeux de vastes paysages humains. Ils ne savent quelles déceptions les attendent. Ils se prêtent des forces qu'ils ne possèdent pas, eux qui ne sont que de fragiles cathédrales de nerfs.

A l'Assemblée nationale, dans les congrès et les campagnes électorales où j'ai fait mes premiers pas de journaliste, j'aimais cette odeur de sueur, d'ambition et d'échec. Le choc des forces brutales, la joie naïve et rouge du vainqueur, le soir de l'élection, le visage blême et égaré du vaincu séduisaient mon imagination. J'observais cette race coriace des politiciens parmi lesquels flottent toujours quelques doux rêveurs, quelques chastes idéologues qu'un vent un peu fort balaiera de la scène comme des pluches. Je scrutais ces visages boucanés par les tempêtes parlementaires où se lisent des appétits frustes, des passions élémentaires (femmes, argent, pouvoir). Ces hommes assez simples ressemblent à des marins. Comme eux ils aiment manger, boire, rire et chanter, se réchauffer dans la camaraderie des brasseries. Comme eux ils se piquent de bien connaître le monde mouvant où ils évoluent, de savoir déjouer les caprices de ses forces redoutables. Ils font autant confiance à leur instinct qu'à leur étoile. Cela n'empêche pas les plus expérimentés de périr. Un jour, on apprend qu'ils se sont noyés, qu'ils ont disparu en mer. Alors les amateurs...

En face de l'élégant crâne chauve de Drieu noyé dans les gaz délétères de l'occupation se profile le crâne tout aussi chauve et élégant de Prévost-Paradol, ce dandy du Second Empire qui plaisait tant aux duchesses de l'opposition royaliste qui lui payaient des cravates et des campagnes électorales. Deux séducteurs, deux amateurs de femmes et d'idées générales, à l'enfance secrètement blessée, choyés par l'aristocratie, qui ont eu politiquement en commun le sentiment de la décadence, l'anglomanie, l'obsession de la dénatalite, l'amour physique de la France, la certitude visionnaire que l'avenir n'appartiendrait qu'à de vastes entités territoriales et à des idéologies brutales. L'un et l'autre ont fait de leur existence un séduisant cocktail (dans des proportions inverses) de littérature et de politique. Quelques vues justes et prémonitoires les ont transformés en pythonisses. Autant qu'à leurs idées, ils ont voulu être fidèles à eux-mêmes et n'ont pas eu le sentiment de se trahir lorsque le monde en se transformant leur donnait raison. Pourtant on les a accusés d'être des traîtres. C'est un mot qu'on ne dit pas deux fois à des hommes qui ont placé au-dessus de tout l'honneur et la fidélité, deux passionnés qui ne tenaient à la vie que par un fil, qu'obsédait le suicide, et qui dans un même geste contre eux-mêmes ont donné la preuve par le sang de leur attachement sincère à un idéal bafoué. Plutôt que de se justifier devant leurs détracteurs, ils ont préféré leur abandonner ce fardeau, instrument malhabile à traduire leurs songes, dont ils avaient hâte de se délivrer : leur vie.

On sent chez Prévost-Paradol un éternel jeune homme pauvre aux poings serrés qui pense que seule la réussite le vengera de ses humiliations. Émile Faguet, derrière ses binocles, le regardait comme l'incarnation de Julien Sorel. Comme il a dû souffrir de ses origines équivoques, le fils bâtard de Mme Paradol, actrice de la Comédie-Française, et de Léon Halévy, le père de Ludovic qui sera son plus fidèle ami. L'élève boursier de la pension Bellaguet qui suit les cours du collège Bourbon, entre à l'École normale supérieure, est un élève aussi brillant que blessé. Pour oublier il s'adonne à une drogue dure : l'ambition. Il a du talent, de l'entregent, de l'obstination. La réussite s'offre à lui : professeur de littérature à la faculté d'Aix, rédacteur incisif du *Journal des débats,* ses éditoriaux, ses « Premiers Paris », comme on disait, sont attendus et commentés avec fièvre. Comme tous ceux qui souffrent, il sait mordre : c'est un polémiste redoutable. Chantre de l'opposition libérale à l'Empire, il est la coqueluche du monde littéraire et de l'aristocratie. On l'imagine promenant sa jeune gloire, un peu raide et gourmé dans les salons, comme tous ceux qui sont entrés dans le *monde* par leur mérite, c'est-à-dire par effraction, et qui à chaque pas tremblent qu'on ne mette le doigt sur leur blessure sociale. A trente ans, Paris est à lui. La violence d'un de ses articles lui vaut un mois de prison : c'est la gloire. A trente-six ans, il entre à l'Académie française où ses admiratrices se bousculent pour l'entendre prononcer l'éloge d'Ampère. Pourtant il a mal. Témoin ce cri de sa jeunesse : « Il n'est pas de jour où je n'éprouve plusieurs fois le désir d'être mort. »

Qui imaginerait cette tentation chez un publiciste adulé, couvert de femmes, dont la chronique scandaleuse suit les frasques et les fugues avec de jolies figurantes, tantôt à Berlin où il rejoint une danseuse, tantôt à travers l'Europe avec l'actrice Aimée-Olympe Desclée, la créatrice de *Frou-frou ?*

Cette carrière fulgurante n'a connu qu'un seul échec visible : à trente-trois ans, il est battu aux élections législatives de Nantes. Ce dandy était bien peu apte à conquérir un électorat rural et ouvrier, lui qui faisait campagne à cheval, réclamant des suffrages d'un air hautain, le cigare au bec et l'œillet à la boutonnière, sans condescendre à une once de démagogie. Le résultat est cuisant : 1 500 voix sur 35 000 électeurs. Son ami Ludovic Halévy se précipite près de lui. Il connaît ses blessures : « Je n'ai pas voulu que Paradol fût seul au moment où s'écrouleraient toutes ses espérances. Jusqu'à ce jour tout lui a réussi ; il n'a connu que des succès et d'enivrants triomphes. Ce premier revers l'atteint en plein cœur. Aura-t-il la force de le supporter ? »

La conversion de l'Empire au libéralisme, en 1870, avec le ministère d'Émile Ollivier, va être un dilemme déchirant pour cet opposant irréductible. Doit-il continuer de combattre un régime qui a adopté ses propres idées ? On sollicite ses conseils, on lui fait des offres. A cela s'ajoute cette tentation du pouvoir qui enflamme aussi certaines âmes fières et pures, qui y cherchent un contrepoids tangible à leur désarroi intérieur et une juste revanche. Il a dû rêver à un ministère, seul objet capable de lui offrir la réparation qu'il réclamait, lui qui avait si longtemps souffert de se sentir socialement inférieur à son destin. Il entrevoyait la justice enfin rendue à ses rêves de jeunesse quand il s'écriait : « Je voudrais être puissant, je voudrais être riche, je voudrais être aimé. »

Il accepte l'ambassade à Washington. Ses

amis crient à la trahison. Ses adversaires ricanent. Que n'entend-il pas alors ? On lui jette au visage les pires calomnies. On l'accuse d'avoir été acheté. On rappelle sa bâtardise, son origine juive pour le comparer à Judas. Un journaliste, Paul de Cassagnac, écrit : « Serrez donc vos trente deniers dans votre bourse, et, si par hasard le remords vous prend, vous aussi, faites comme certains personnages bibliques et allez vous pendre. L'Amérique ne manque pas de grands arbres. »

Quand il arrive à New York, les Américains qui l'accueillent avec des sarcasmes lui apprennent la guerre avec la Prusse. Il pressent la défaite. L'énormité de son erreur lui apparaît.

Dans sa chambre d'hôtel à Washington, Prévost-Paradol, bien droit, face à son miroir, se tire une balle de pistolet dans la poitrine. Le *Lafayette* qui l'avait amené avec ses espoirs contrariés et ses ambitions blessées rapporte sa dépouille en France. Il avait quarante et un ans. Il laissait un livre, *la France nouvelle,* bréviaire des idées libérales plein de prémonitions fulgurantes, et une phrase qui saisit la sombre divination de son destin brisé : « Notre façon d'accueillir la mort fait mieux connaître que tout le reste de nos actions ce que nous sommes. » Moins de dix ans plus tard, son fils, Hjalmar, se suicidait.

Benjamin Constant ne s'est pas suicidé. Sur ce sujet, comme sur beaucoup d'autres, il n'a eu que des velléités. Pourtant, d'une manière irrésistible, sa figure se superpose pour moi à celle du désespéré de Washington. Je m'interroge sur ce qui l'a sauvé, qui a tant manqué à Paradol. Certes, l'un est issu d'un siècle dur qui a forgé des tempéraments de fer, tandis que l'autre est né dans la pleine efflorescence du romantisme. Les passions discordantes de Constant l'ont parfois conduit au bord de l'abîme, mais quelle main l'a retenu de s'y précipiter ? Faut-il en imputer sa sécheresse de cœur, ses racines (l'aristocratie, le protestantisme, la Suisse), ou l'indifférence fondamentale qui glaçait ses émotions les plus violentes ? Paradol, lui, ne trouvait dans ses origines aucune attache. Au contraire il les fuyait en dévorant l'avenir à la recherche d'une gloire toujours plus éclatante. Il s'y est brûlé. Constant s'est consumé à petit feu.

Si Constant ne s'est pas donné une mort qui était pourtant son obsession, qu'il attendait avec impatience, espérant qu'elle l'arracherait aux médiocrités d'ici-bas — « J'ai hâte d'avoir quitté cette vie pour enfin échapper aux hommes » —, c'est peut-être parce que la politique comme la vie ne représentaient pour lui qu'un jeu. Paradol avait pris l'une et l'autre au sérieux. Il en attendait le bonheur, comme un adolescent.

Chez Constant, le sentiment de la mort est si fort qu'il rend vaine toute action, y compris celle de se détruire. Rarement un homme a vécu avec une conscience aussi aiguë de sa fin, au point que cette pensée contamine ses amours, son comportement, ses idées, lui donne une exaltation factice tout en oblitérant l'avenir. C'est parce qu'au fond de nous-mêmes nous croyons à la vie, que nous la croyons plus forte en dépit de tout que la mort, que nous nous jetons de toutes nos forces, à corps perdu, dans l'amour, dans l'action. Pleins de confiance dans la valeur de la vie, nous voulons lui arracher des instants plus beaux, quitte à les payer au prix fort de la souffrance et du désespoir. Qui y pense d'ailleurs hors les esprits chagrins ? Benjamin Constant, lui, n'a jamais considéré l'existence que comme un bref et maussade entracte accordé, on ne sait pourquoi, par le néant. Il observe la mort sans effroi, celle de Julie Talma ou le suicide de son ami Blacons en 1805 : « Étrange destinée ! L'homme le plus insouciant, le plus gai, le plus heureux de niaiseries, vivant avec plaisir, s'amusant de tout. Au reste il est possible que les apparences fussent trompeuses, et que cette gaieté, cette insouciance, ne fussent que de l'étourdissement forcé. Qui ne croirait pas que je suis gai ? »

Le fatalisme conduit rarement au suicide qui préfère chercher sa pâture parmi les natures pleines d'espoir et d'amour de la vie. Les expressions qui reviennent le plus souvent sous la plume de Constant marquent sa lassitude, son sentiment de l'à-quoi-bon : « Vogue la galère », qui est toute sa philosophie, ou ce « v.D.s.f. » (la volonté de Dieu soit faite) dont il parsème les pages de son journal. La mort ne lui fait pas peur. Un peu plus tôt, un peu plus tard ! En 1815, après avoir rédigé son fameux article des *Débats* contre Napoléon, il confie dans ses carnets : « Mon article de demain met ma vie en danger. Vogue la galère. S'il faut périr, périssons bien. » Il est plus curieux de son destin que réellement ému. Il réagit à la façon d'un mathématicien devant le résultat de ses équations. La réussite ou l'échec de ses projets, dussent-ils le mener au poteau d'exécution, ne suscitent en lui ni plus ni moins de sentiment que s'il s'agissait d'un calcul mental.

Aussi cet homme d'action n'a pas cru à l'action, ce sceptique n'a pas cru davantage à ses passions, ni à la vérité, ni à lui-même : il lui fallait des situations exceptionnelles, piquantes — ou le miroir de son journal où il s'observait avec minutie — pour avoir conscience de son existence. Il exigeait des événements, qu'ils fussent amoureux ou politiques, qu'ils le fouettent, le bousculent, le réveillent de son apathie.

Le suicide a joué pour lui ce rôle d'excitant. Ce séducteur l'a employé, quand il était à bout d'arguments, pour attendrir ses victimes. Un artifice qui n'a servi à rien avec Mlle Pourrat, mais qui lui a ouvert les bras de Germaine de Staël à Mezery. Plus tard, à l'approche de la cinquantaine, il s'y essaiera à nouveau, sans succès, avec Juliette Récamier. Mais, cette fois, il semble qu'il se soit pris à son propre jeu. Le 5 septembre 1815, il écrit dans son journal : « Délibéré la nuit. Pris la résolution de mourir. Écrit à Mme de Krüdener un tableau de mon affreux malheur. Passé toute la journée sans manger [...] Je ne renonce pas à ma résolution de mourir. Je me suis senti si libre et qu'ai-je à attendre de la vie ? Il faut que Juliette m'aime ou me tue. La mort que j'ai choisie n'est pas douloureuse. L'abattement amortit la douleur physique et morale. Ne reculons pas. »

Cette passion pour Juliette Récamier, après des années à traîner son ennui, à se lamenter de ses coups de cœur sans lendemain et de ses collages sans joie, lui révèle le feu qui brûle en lui, un amour de l'existence qu'il était loin de soupçonner. Il le confie dans une lettre à Juliette : « Aimer, c'est souffrir, mais aussi, c'est vivre et depuis si longtemps je ne vivais plus. Peut-être n'ai-je jamais vécu d'une telle vie ? » La souffrance qui le sort de sa torpeur risque de lui être fatale. L'idée du suicide ne le traverse qu'au moment où il sent son existence enfin justifiée par la folie amoureuse. Ce n'est pas la lassitude qui est suicidaire, c'est le sentiment du caractère insurmontable des obstacles à l'expansion de la vie. Il faut beaucoup de vitalité pour animer le désespoir d'une dernière énergie destructrice. Constant n'en a pas assez. Sa lucidité le sauve. Dans les moments les plus exaltés de son emballement, il reste étonnamment maître de lui. Au milieu de ses projets de suicide, il note : « Sot amour dans ce temps de crise », ou : « Cet absurde amour m'a fait encore passer une journée affreuse. » S'étant prêté à son plus grand amour avec un minimum d'aveuglement, comment aurait-il pu se donner vraiment à la mort ?

La figure séduisante de Benjamin Constant m'est chère, moins en raison de son suicide manqué que de son individualité complexe qui cherchait à concilier des aspirations contradictoires ; mais surtout parce qu'il fut la première grande admiration littéraire de mon adolescence et que j'ai retrouvé son empreinte chez tous les écrivains qui ont compté pour moi. C'était un signe de reconnaissance. Le premier livre que me demanda Dominique de Roux, quand j'avais vingt ans, était un essai biographique sur

Constant. Le projet avorta. J'ai gardé un plan, quelques brouillons ; surtout, quelque part, très vif, dans un coin de mon imagination, le rêve de réunir, un jour, dans ma vie, comme un bouquet, la littérature, l'amour et la politique. Et Dominique de Roux est mort à l'âge de Prévost-Paradol, d'une mort tout aussi foudroyante et insolente, emporté avec sa passion folle et généreuse de la littérature, cet ardent goût à vivre qui illuminait son visage aigu, ce pouvoir de séduction et d'entraînement qui rendent son souvenir si attachant, si présent.

On aime d'abord des écrivains. Puis on découvre entre eux des filières secrètes aussi impénétrables et mystérieuses que celles qui unissent les membres des réseaux de résistance ou les initiés. A travers le temps ils ont noué des liens puissants, ils se sont parlé, compris, aimés. Autant que leurs livres, leurs actes se répondent dans un écho infini. Prévost-Paradol et Drieu La Rochelle ont appartenu à la double fraternité des écrivains fascinés par la politique et des suicidés. Nous ne connaîtrons jamais leur dialogue d'ombres. Nous pouvons l'imaginer. Nous savons qu'ils partageaient la même admiration pour Benjamin Constant. Ils retrouvaient un grand frère dans ce libéral versatile et passionné, froid et sentimental, calculateur et maladroit. Ils se sont identifiés à lui. Ils ont voulu lui ressembler. A l'école de son détachement et de son cynisme, ils se sont révélés des élèves trop sentimentaux. Ils ont répété dans la fièvre les gestes d'un homme qui, en dépit de ses foucades et de sa précipitation, n'agissait que sous l'impulsion d'un cœur de glace.

Constant-Paradol-Drieu : cette trinité est étroitement associée pour moi à Michel Mohrt, l'un des écrivains que j'admire et que j'aime le plus. C'est Drieu qui a été au cœur de ma première conversation avec lui : je savais qu'il avait été l'un des derniers à le rencontrer, qu'ils avaient esquissé en pleine occupation une de ces amitiés comme peut en nouer un écrivain vieillissant et désabusé avec un jeune homme en qui il retrouve les interrogations et les passions de sa jeunesse. Par la suite j'ai souvent parlé de Constant avec Michel Mohrt. Jamais de Prévost-Paradol. Puis je découvris qu'il avait publié un livre, en 1942, aux éditions Corréa, *les Intellectuels devant la défaite de 1870,* dans lequel il évoquait avec sympathie l'auteur de *la France nouvelle.* Or cet essai, qui avait connu un grand succès, Drieu l'avait lu et certainement médité. Quel avait été son sentiment devant la préfiguration de son destin tragique ?

Plus loin dans l'histoire, j'aimerais compter aussi d'autres personnages qui n'ont pu supporter le choc des événements et que la Révolution a brisés dans leur élan, comme Alexandre de Tilly. Cet aventurier de haute lignée, grand séducteur, a été chassé par les orages révolutionnaires à travers une Europe traumatisée. Aristocrate déraciné, toujours en quête de bonnes fortunes et de sa fortune perdue, il avait confié son destin au hasard. Après avoir ruiné et déshonoré une jeune héritière américaine, il devint l'ami du prince de Ligne qui ne parvint pas à le soustraire à la fascination de la déchéance. Il joua pour survivre dans les tripots clandestins de Bruxelles. Un soir de déveine, à bout de ressources, il tricha et fut découvert. Lui qui n'avait jamais rien respecté, il se crut tenu d'être fidèle à des principes qui n'avaient plus cours : il se brûla la cervelle dans un fiacre. Il a laissé des Mémoires foisonnant de dons éclatants et inutiles qui scintillent sur la livrée noire de ce grand enfant voluptueux qui n'a pas su vieillir.

Mais c'est Chamfort qui brille du haut de cette période tragique de l'éclat le plus cruel. Quelle séduction émanait de ce charmant pervers ! Rivarol, autre grand faiseur de mots, l'a ciselé d'un trait : « C'était une branche de muguet entée sur des pavots. » Lui aussi a rêvé au pouvoir, aux femmes, à l'argent, à travers le prisme magique de la littérature. Ses débuts ressemblent à ceux de Paradol : enfant adultérin n'ayant pas connu sa mère, élève brillant et surdoué, il est précepteur dans des familles riches, une terrible école de l'humiliation ; mais des enfants à leurs mères, il n'y a bien souvent que l'espace d'un regard ou d'un roman pour ce précurseur de Julien Sorel. Ce sont elles qui l'aideront à réussir. Par haine de sa roture qui colle à son âme, il abandonne son nom, Sébastien Roch, pour celui de Chamfort. Poète laborieux, il dédie une médiocre tragédie, *Mustapha et Zeangir,* à Marie-Antoinette. La reine pleure et lui accorde une pension. Partout sa beauté et son charme séduisent. Quand la

Révolution éclate, il la croit faite pour lui. Il la courtise et la caresse. Elle le nomme conservateur de la Bibliothèque nationale. Mais il y a dans sa nature une infidélité et une ingratitude qui le poussent toujours à mordre ses bienfaiteurs. Oubliant que le monde a changé, il continue à décocher ses épigrammes : venu d'une époque où les mots faisaient rire, il ne peut concevoir qu'ils puissent aussi vous faire tuer. Il est emprisonné, relâché. La menace d'une nouvelle arrestation est insupportable à cet homme qui a chéri plus que tout la liberté, même s'il l'a aimée à sa manière en amant volage et dissipé. Il décide de se supprimer. Il y met tout l'acharnement qu'il avait mis à vivre : il charge un pistolet, veut tirer sur son front, se fracasse le haut du nez et s'enfonce l'œil droit. Il saisit un rasoir et se taille la gorge. Il se porte sans plus de succès plusieurs coups vers le cœur. Enfin il se coupe les deux jarrets et s'ouvre plusieurs veines. « Le sang coulait à flots sous la porte », dira son ami Ginguené. Il expirera, après de terribles souffrances, six mois plus tard. Les blessures de Chamfort sont toujours ouvertes : le sang qui s'en échappe, c'est celui de tous ces écrivains, épris d'idéal, qui ont été broyés par le nouveau monde qu'ils avaient appelé de leurs vœux.

A cette filière il faudrait ajouter beaucoup d'autres noms. On finirait par y retrouver toute la littérature, qui est un tissu vivant innervé par des réseaux d'influences qui agissent par osmose et capillarité ; et aussi d'autres personnages, pas forcément des écrivains, qui ont joué un rôle plus complexe, comme si leur vie — ou leur mort — avait contenu un message compréhensible seulement par quelques-uns ; ainsi le Dr Thierry de Martel, qui opéra Drieu d'une méchante blessure au bras en 1916. Fils de Gyp, descendant par elle de Mirabeau, chirurgien d'un grand renom, ami de Mauriac, ses vertus morales en imposaient au monde littéraire de l'entre-deux-guerres. Le jour de l'entrée des Allemands à Paris en 1940, il n'a pu supporter l'humiliation. Il a choisi la mort par le poison. Son geste a retenti dans les esprits ébranlés par la défaite avec une force dont on ne mesurera jamais la portée. Ne tentons pas de percer ces mystères. Se peut-il que cinq ans après, puis à nouveau plus de trente ans plus tard le souffle de cette déflagration silencieuse ait emporté à leur tour dans la mort Drieu et Montherlant ?

Ainsi il y a mille façons d'appartenir à la littérature. Dans les fresques des grands peintres, à côté des personnages principaux, on distingue un enfant qui joue aux quilles ou un fumeur de pipe qui médite à sa fenêtre. Bien sûr tout écrivain, même le plus humble, nourrit l'espoir d'être lu par un jeune homme de l'avenir. Mon ambition, parfois, est plus modeste. Il me semble que je me contenterais d'une petite place quelque part dans cette filière, identifié non tant par ce que j'ai écrit que par la passion qu'on ne peut manquer d'y voir pour ces écrivains que j'ai aimés : n'exister que par la réfraction de l'amour et de l'admiration ; être comme un de ces objets fluorescents, indistincts dans la nuit, qui s'éclairent dès qu'on les approche de la lumière.

VI

UN SCORPION DANS LE CIEL JUIF

Quand nous pensons à notre mort, c'est avec une impression trouble de douceur. L'image de notre vieillesse nous apparaît et se superpose à celle de nos grands-parents. Comme eux nous nous voyons nous effacer lentement de la vie, au milieu des objets familiers, de la maison ancestrale, pour aller reposer dans un petit cimetière de campagne. Cette mort, répétée tant de fois dans le même lieu, est devenue usuelle, coutumière. Elle apaise notre révolte, nous chuchote des paroles réconfortantes. Mourir comme tant d'êtres aimés, auxquels nous ressemblons, nous donne confiance et apprivoise le grand mystère. Comme le Goldmund de Hermann Hesse nous frémissons à l'idée de retrouver le ventre éternel de la vraie mère dans cet accouchement à rebours. Nous n'incriminons que le temps. Mais peut-on lui en vouloir ? Il est le rythme même de la vie, sa respiration, sa musique ; s'il nous a volé nos amours, il nous a aidés à oublier nos peines. Il ne nous prend pas par inadvertance. Tout au plus par surprise. Nous regardons notre mort comme une échéance aussi fatale et naturelle qu'un changement de calendrier. Une cinquième saison derrière l'hiver dont le printemps caché nous intrigue.

Un Juif, il me semble, a plus de peine à s'imaginer une mort paisible. Si heureux qu'il soit, si propice que lui ait été la vie, il pressent une menace. Plus que quiconque il sait que son bonheur est une fragile conquête. La violence du monde partout l'accompagne. Où iront ces orages ? Quels vents les pousseront ? Éclateront-ils ? Il ne conçoit pas plus le lieu de son trépas qu'il ne connaît souvent où sont morts ses parents. Où sont leurs cendres ? Quelque part près de Tiflis, de Samarcande, de Novossibirsk, de Smyrne, de Bratislava, dans la terre cuite de Mostaganem, dans les steppes de la Sibérie, sur la plaine moldave, près du fleuve Amour, ou éparses et piétinées autour des grandes usines de mort de Dachau, de Mauthausen, de Buchenwald, d'Oranienburg ? Quelle quiétude pourrait lui donner le monde qui l'entoure ? Si souvent il a vu s'enflammer les paysages les plus doux, les terres les plus hospitalières se hérisser de regards de haine, les nuits les plus langoureuses subitement incendiées par les torches du pogrome. Quand il regarde une carte, les frontières n'évoquent pas des rêves, elles lui sont sensibles comme des cicatrices. Dans sa mémoire le blesse toujours l'image d'une grand-mère partie la nuit avec son balluchon, d'un oncle dans un wagon plombé, d'une cousine qui porte tatoué sur sa peau un matricule. S'il remonte dans le temps, il lui semble qu'il ne résonne que de cris. S'il ne l'a pas vécu, d'autres l'ont vécu à sa place. Comment pourrait-il oublier son angoisse ? Il a l'impression que l'histoire est braquée en permanence sur lui.

Ce qu'il a gardé, précieux et douloureux, ce que des siècles d'angoisse ont affiné en lui, c'est l'héritage des peurs : cette faculté aussi aiguisée qu'un sixième sens de percevoir les ondes qui font frissonner le monde autour de lui. Rien n'advient sans que sa sensibilité tressaille. Il possède ainsi une cruelle prescience des situations, de ces chaînes qui, signe après signe, mot après mot, calomnie après médisance, injure après vexation, conduisent soudain au jaillissement du sang. Personne ne sait comme lui rester à l'affût de la haine : il connaît son gîte, son brame, l'heure de ses chasses nocturnes. Dans un chuchotement il perçoit le vacarme de l'histoire en éruption, dans un regard l'aveuglement du désir de tuer. Au moindre cliquetis, son âme frémit ; l'injure la plus anodine retentit comme le hurlement d'une sirène d'alarme. Combien de fois son cœur a-t-il haleté dans de fausses alertes — pour un volet que le vent rabat, pour deux ivrognes qui se chamaillent devant la porte ? Elles avivent tout autant les plaies de l'imagination. Elles nourrissent une tension insupportable. Parfois elles font désirer l'ennemi réel au lieu de son fantôme.

Quand un cauchemar nous éveille, nous reprenons pied peu à peu avec douceur sur la berge de la conscience. Lui croit que l'heure est venue d'affronter ce qu'il attend depuis toujours. Non, pour lui la mort n'est pas inscrite dans le temps mais dans l'homme : il sait qu'elle aura l'apparence d'un bourreau masqué.

La *yiddish Angst*, l'angoisse juive, a peut-être là son origine. Car l'angoisse, ce n'est pas de se demander « pourquoi » — autant interroger les étoiles, le soleil ou ces textes aussi vieux qu'eux, le Talmud, la kabbale — mais « qui ? ». C'est l'ignorance du visage de celui qui va vous frapper qui fait peur, sachant qu'il est près de vous, qu'il vous épie, qu'il se nourrit de votre vie avant de s'abreuver de votre sang. C'est de toujours le soupçonner dans un voisin mielleux, chez un collègue hypocrite, un employé obséquieux. A tout prendre, mieux vaut regarder son visage en face. Est-elle là la raison qui pousse certains Juifs — Berl, Robert Aron, d'autres... —, dans les époques les plus menaçantes, à se lier à un antisémite, à lui parler, à tenter de le comprendre ? Ce visage qu'on sait hostile au moins ne surprendra pas.

Ce visage, Stefan Zweig n'a pas voulu le voir. Cet amoureux de la liberté a mis un point final, par le poison, à cette fuite qui l'avait conduit de Vienne à Londres, puis, après la déclaration de guerre, au Brésil. Plutôt que de tourner le dos au danger il lui a fait face. Il a choisi sa gloire dans le camp de ceux qu'il affectionnait par-dessus tout : les vaincus. Il a mis beaucoup de délicatesse et d'élégance à abandonner de lui-même les territoires dont on voulait le chasser. Ce Juif si bien intégré depuis deux siècles dans la Vienne impériale, que pouvait-on encore lui prendre ? Sa patrie, l'empire des Habsbourg, a été rayée de la carte ; fêté comme un héros national, il a dû quitter son pays comme un criminel ; ses livres ont été brûlés, ses biens confisqués ; l'Europe à laquelle il avait voué un culte a été déchirée et ensanglantée par les nationalismes et les idéologies totalitaires. Considéré comme un étranger en Autriche, suspect en Angleterre comme national d'un pays en guerre, il a retrouvé avec un sentiment de stupeur la racine amère d'une judéité qui ne l'avait troublé que parce qu'elle le singularisait, lui qui de tout son être voulait communier, au-delà des origines, avec toutes les élévations de l'âme et de la création artistique. Cet homme délicat qui incarnait tout le raffinement de l'ancienne culture européenne aurait pu s'écrier avec Heinrich von Kleist, dont il partageait la sensibilité exacerbée avant de partager la mort volontaire : « Mon âme est si meurtrie que quand je mets le nez à la fenêtre, la lumière du jour me fait mal. »

Et ce n'est pas seulement l'ardente lumière du jour qu'a rencontrée Zweig, c'est la violence débondée d'une époque barbare. Dieu sait qu'il n'était pas préparé à l'affronter. Ce pacifiste n'a vécu que dans les guerres, cet apôtre de la réconciliation n'a vu partout que les soulèvements de la haine.

Issu de cette bourgeoisie commerçante juive de Vienne, riche et cultivée, qui s'était substituée à l'aristocratie dans le mécénat, sa jeunesse n'avait connu que le calme plat d'une sécurité indexée sur l'or, « préservée par la fortune des orages comme des vents coulis ». Les seules tempêtes, il les avait appréhendées à travers l'existence tumultueuse des écrivains qu'il admirait : Balzac, Tolstoï, Hölderlin, Nietzsche. La Première Guerre mondiale avait mis fin une première fois à ses rêves d'une littérature sans frontières. A l'épreuve des faits, son esthétique fut ébranlée. Il comprit que le totalitarisme pouvait se trouver en germe chez les écrivains qu'il avait le plus aimés. Il le notera à propos de Tolstoï : « Il y a dix ans, je l'aurais élevé au rang de saint. Mais, aujourd'hui, je découvre que justement, ceux qui veulent transformer le monde sont ceux qui ne sont pas contents de leur propre personnalité et qui jettent leur mécontentement d'eux-mêmes sur le monde entier. »

Le nazisme va s'acharner sur lui avec une particulière brutalité. N'est-il pas le type de l'homme à abattre : comme Juif, comme intellectuel, comme esprit libre ? Ses livres seront brûlés en autodafé en 1934. Après les perquisitions policières et les humiliations, il quitte Salzbourg ; la merveilleuse bibliothèque où il avait réuni avec amour les manuscrits et les éditions les plus rares de la culture européenne est sauvagement pillée. C'est l'exil.

Il sait désormais que l'esprit ne peut plus rien contre la force, la violence, la haine. Cette rupture le relie plus étroitement à cette fraternité des vaincus qui lui était déjà si chère : « Je n'ai d'intérêt que pour le personnage qui succombe à son destin, le malchanceux qui a le bon droit pour lui : Érasme et non Luther, Marie Stuart et non Élisabeth. »

Réfugié à Petropolis, près de Rio de Janeiro, il ne lui reste plus qu'une seule possession dont on ne peut le spolier, ses souvenirs, la littérature. Et une seule arme : la mort. Que de fois dans son œuvre il a associé ces deux thèmes de l'art et de la mort. Ces deux notes forment la mélodie de son monde intérieur. Souvent il a médité la mort de Socrate, de Sénèque, de Kleist surtout dont il a écrit : « Il élève la mort au niveau d'une passion, d'une ivresse, d'une orgie, d'une extase. Sa fin est un abandon, une béatitude qu'il n'a jamais connue durant sa vie, tout y est allégresse, griserie, exaltation ! C'est en chantant qu'il se jette dans l'abîme. »

On ne retrouve chez Zweig ni cette allégresse ni cette joie dans les derniers instants où, avec sa femme, il prépare son saut dans l'abîme. Seulement la résolution d'un homme qui sait sa cause perdue, mais qui, conscient d'incarner des valeurs éternelles, ne veut pas les compromettre avec la salissure des temps. Le 23 février 1942, alors que le nazisme est à son zénith, il quitte la vie en laissant un dernier message : « Je pense qu'il vaut mieux mettre fin à temps, et la tête haute, à une existence où le travail intellectuel a toujours été la joie la plus pure et la liberté individuelle le bien suprême de ce monde. Je salue tous mes amis. Puissent-ils voir l'aurore après la longue nuit. Moi, je suis trop impatient, je pars avant eux. »

L'angoisse de Zweig, qui remontait à la racine de son identité, c'était bien sûr le dégoût d'être sali par sa propre peur, d'assister à la dégradation de son sentiment de liberté peu à peu terni par les affres de la persécution, d'être réduit non au dénuement mais à la misère morale, de perdre soudain toutes les conquêtes de l'esprit — et accessoirement ses principautés sociales — qui, transcendant ses origines, l'avaient promu au rang de créateur, pour recouvrer le misérable destin du Juif persécuté, errant, dont la pensée, tant était harmonieuse son intégration à la société viennoise, avait fini par s'abolir. Il avait noté en 1916, dans une lettre à un ami juif, cette douceur de la sécurité qui l'enveloppait et qu'il imaginait acquise pour toujours : « Tout ce qui ressortit à la fierté dans les aveux de judaïsme que je lis si souvent me semble être l'envers de l'insécurité, de l'angoisse et d'un sentiment d'infériorité ; ce qui nous manque, c'est la sécurité, l'*insouciance* — bien que je sois juif, je les ressens en moi toujours plus fortes. Être juif ne m'est ni pénible ni objet d'enthousiasme ; cela ne me torture ni ne me singularise, je le ressens comme je sens battre mon pouls, lorsque j'y pense ; et lorsque je n'y pense pas, je ne le ressens plus. » Soudain, faisant craquer le vernis de la civilisation, une vieille peur resurgissait, anachronique, avec ses relents de fatalité moyenâgeuse comme la peste, les bûchers, l'Inquisition. Ce n'est pas seulement un monde devenu barbare que Zweig a voulu fuir mais la régression irrépressible de son âme à l'état primitif.

Bien avant la guerre, beaucoup d'intellectuels juifs de cette Europe en perdition ont éprouvé le même sentiment. Eux qui avaient trouvé dans cette Allemagne si refermée sur elle-même et sur ses poisons une terre d'asile en sympathie avec leur culture, leur goût de l'abstraction et de la musique, sans parler de ce confort intellectuel et social confondu avec la sécurité qui n'était qu'un paravent de l'abîme, ils ont préféré affronter la mort plutôt que de disputer leur vie à la vermine de la terreur. Puisque leur existence ne leur appartenait plus, qu'elle était devenue la proie des sueurs froides, de la voix blanche, des yeux égarés, du souffle coupé, des lèvres et de la gorge sèches, ils se sont tournés vers les vastes espaces de la nuit où l'esprit n'est plus asservi.

Walter Benjamin s'empoisonna le 26 septembre 1940 alors qu'il venait d'être arrêté en tentant de franchir en fraude les Pyrénées. L'existence de cet intellectuel aux petites lunettes cerclées de fer n'avait été tissée que de fuites et de ruptures : avec sa fiancée, avec sa femme, avec l'Allemagne. Le suicide de l'un de ses amis d'enfance l'obsédait. Il avait caressé l'idée de rejoindre les Juifs en Palestine mais Berlin le fascinait. Il ne s'était résolu à le quitter que sous la menace. Faute de pouvoir rejoindre l'Amérique, il préféra l'océan de la mort.

Kurt Tucholsky, l'auteur d'*Apprendre à rire sans pleurer*, a, lui aussi, senti gronder les périls. Il avait quitté l'Allemagne en 1927 par dégoût du militarisme. Il tenta en vain d'obtenir la nationalité française. Il vécut alors en Suède où, apatride, sans ressources, il avala du poison le 21 décembre 1935. Son angoisse s'était greffée sur cette Selbst-Hass, la haine de soi, déjà latente dans l'âme juive d'Europe centrale et que l'hystérie totalitaire chauffait à blanc.

Cette Selbst-Hass, qui conduit parfois à se détruire, n'appartient bien évidemment pas en propre au peuple juif. Chacun, dans certaines conditions, l'éprouve. Elle remonte, hideuse, des profondeurs de l'enfance et de l'inconscient. Une impression nauséabonde qui s'attache à notre visage, à notre peau, à notre odeur, à notre présence. Ce que nous n'aimons pas en nous, c'est ce que les autres n'ont pas aimé, ce qu'ils nous ont appris à détester de notre image. Ce pouvoir de jeter sur un destin un terrible opprobre, des ronces où il s'empêtre et se déchire, appartient au père, à la mère, à l'amante, à l'amant, à tous ceux qui entrent par l'amour dans l'image que nous façonnons de nous-mêmes. Ce pouvoir, quand la société tout entière en dispose, quelle force elle possède pour l'orchestrer contre le Juif ou contre quiconque ! Elle détient un arsenal de tant de réflexes, de frustrations, de tant de doigts qui ne demandent qu'à se lever pour désigner un coupable ; elle peut agir sur tant de ressorts pour mobiliser les passions hostiles. Son ressort le plus perfide, c'est d'obliger le Juif à se punir lui-même en exacerbant sa haine de soi. Il est si facile de l'enfermer avec elle pour qu'elle le dévore.

Le ravage de ce sentiment a été évoqué à propos de nombre d'intellectuels juifs convertis au catholicisme, comme Simone Weil. Hannah Arendt l'a souligné dans la figure douloureuse de Rachel Levine-Varnhagen, célèbre épistolière allemande du début du XIXe siècle, dont toute la vie n'a été qu'un effort pour se dépêtrer d'un judaïsme qui était devenu sa tunique de Nessus. Rarement la judéité a été vécue avec un tel effroi comme une malédiction : « Jamais, à aucune seconde, je n'oublie cette infamie ; je la bois dans l'eau, je la bois dans le vin, je la bois dans l'air, à chaque respiration. » Et elle en tirait une conclusion suicidaire : « Le Juif doit être exterminé en nous, même au prix de nos vies », qui a été poussée à l'extrême par un autre écrivain juif allemand de la fin du XIXe siècle, Otto Weininger : au cours de sa courte existence — il se suicida à vingt-trois ans — il vécut ses origines comme une tare dont il ne parvint à se délivrer, après s'être fait baptiser, que par la mort.

En plus de la haine de soi, il y a le poids des images. L'héritage chrétien n'a offert au juif qu'une seule alternative : Jésus, la conversion, le rachat, ou Judas, la trahison et le suicide. Pourquoi le scorpion a-t-il été donné comme emblème du peuple juif dans toute une part de l'imagerie chrétienne du Moyen Age ? Ce scorpion, symbole de ruse, de perfidie, mais aussi dans les pierres du désert d'un étonnant pouvoir de survie et de volonté de vaincre, est doué de cette capacité unique dans le monde animal de tourner contre lui, quand il a peur, son arme de mort.

C'est la force de persuasion des exhortations sociales. On devient peu à peu ce qu'on vous a prédit. On se prépare à assumer l'image que les autres ont de vous. Dans le désespoir, le Juif, encerclé par des murs où brillent les tessons de la haine, voit apparaître la corde de Judas et le dard mortel de l'arachnide du désert.

Il y a du scorpion noir chez Romain Gary, ce guerrier sensible qui a retourné son arme contre soi. De quelle angoisse s'est nourrie sa fuite dans les mots, sa fuite dans les masques, comme si, entre songe et mensonge, il avait voulu se perdre, dissimuler ses traces sous des noms d'emprunt : son patronyme authentique, Kacew, est le moins connu. Ses pseudonymes lui ont permis de ne pas être écorché par le contact de la réalité, d'introduire la fiction dans la dureté de sa vie : devenu tour à tour Gary, Fosco Sinibaldi, Shatan Bogat, et, après tant de faux laissez-passer, Émile Ajar. Dans ce nom nouveau, devenu l'ultime refuge, impuissant pourtant à apaiser ses tortures, il pouvait s'entrevoir comme dans une facette du grand miroir brisé où il avait voulu à la fois se fuir et se retrouver dans sa multiplicité. Quelle mystérieuse gestapo de la réalité l'a traqué, conduit à entrer dans une incessante clandestinité, à se ménager toujours de nouvelles caches dans son existence toute minée de catacombes ?

L'office funèbre, autour de sa dépouille, dans l'église Saint-Louis-des-Invalides, fut la cérémonie grandiose et belle qui convenait à un chevalier. Une symphonie à laquelle tout participait, les ombres et le jour glacial de décembre, le drapeau français qui recouvrait son cercueil et semblait relié à tous les étendards en lambeaux qui veillaient sur la nef, à toutes les bannières et les oriflammes des conquêtes perdues, témoins de tant de gloires devenues poussière de gloires ; à quelques pas, les grands canons du silence, les trophées de Rivoli, d'Austerlitz, d'Iéna, de Sébastopol, de la Marne, de Bir Hakeim ; toutes les armes vaines accompagnaient ce marginal insaisissable dans la mort. Abandonnant le généreux et cruel désordre de sa vie, il rejoignait son ordre, les compagnons de la Libération, et, par lui, tout le passé d'un pays qu'il avait fait sien par les armes et par les mots. La voix d'Anna Prucnal, modulant les accents d'une mélopée polonaise, s'élevait sous la voûte, étrange, étrangère mais non insolite, comme un fragment musical et blessé de son âme slave.

Je songeais au destin de ce chevalier qui

n'avait cessé d'être en guerre avec la vie, avec lui-même ; et aussi à la femme fragile, mythe de cristal brisé, qui lui avait peut-être ouvert le chemin et qui semblait lui tendre la main.

VII

UNE BLESSURE QUI DEVIENT LUMIÈRE

Il y a deux chemins en nous : l'un, visible, qui nous conduit à travers les cahots de la vie sociale à chercher la reconnaissance des autres, le succès ; l'autre, inavoué, c'est la fragile passerelle tendue vers ce but secret, rêve d'unité et de grandeur personnelle mêlées, que nous avons, un jour, assigné à notre vie et sans lequel elle n'a pas de sens. Entre les deux, parfois, un abîme : c'est celui qu'a choisi Jean Seberg faute de pouvoir dénouer le nœud d'une contradiction tragique. On peut voir grossièrement dans ce choix une fuite, un échec, ou au contraire une exigence passionnée, meurtrie, insatiable, selon que l'on partage ou non ce dilemme auquel bien souvent notre médiocrité sert d'échappatoire. Quand tant de gens s'endorment si tranquillement sur l'oreiller du succès, bien au chaud dans le confort d'une notoriété habilement gérée, le désespoir de Jean Seberg témoigne d'une quête qui incline au respect. Cette insatisfaction angoissée non seulement nous émeut, elle nous fait réfléchir. Il est vain de tenter d'expliquer un geste qui demeure toujours irréductible et qui appartient à jamais au secret d'une âme. On peut seulement s'efforcer de comprendre le cheminement d'une jeune femme vers la vérité qui l'a brûlée.

La littérature, les mots ! Comme ils auront pesé d'un poids terrible dans la vie de Jean Seberg. Et le destin qui a voulu qu'elle assiste, le dernier soir de son existence, à la projection de *Clair de femme,* film tiré du roman de Romain Gary dont elle fut la femme, est plus qu'un signe, c'est un symbole. Il y avait là, devant elle, en résumé, toutes les obsessions qui l'avaient hantée : écriture et cinéma, le poids des mots face à l'irréalité brillante et fugitive des images, la création artistique achevée, consommée, dans ses deux expressions, roman et film, Romain Gary enfin qui l'avait fascinée et auprès de qui elle avait trouvé le réconfort d'un art maîtrisé. Pour elle qui tentait d'atteindre un idéal plus vrai, plus créateur, après avoir gravi les marches d'un monde aux paillettes scintillantes dont l'inanité lui était soudain apparue, nul doute qu'elle ait été touchée au point le plus sensible. Devant cette œuvre, peut-être quelconque, mais aboutie, que valaient ses tentatives vaines, éclatées, fruits dérisoires d'aspirations télescopées ?

D'abord le cinéma aura été pour elle le grand miroir des rêves, la scène où toutes les illusions du succès s'épanouissent. Pour cette fille de pharmaciens d'une petite ville de l'Iowa, c'est le songe éveillé, la griserie de la conquête sociale fulgurante, la fête permanente où l'on est choyé, adulé, aimé de cette passion du public qui enivre sans réchauffer. C'est aussi, surtout, une image d'elle-même qu'elle découvre, multipliée, embellie, parée de lumière. Cette image, comme elle est séduisante, mais comme elle est fragile ! C'est celle que nous gardons : une jeune fille aux yeux clairs, fraîche et acide comme une pomme, aux traits fins d'adolescent, la bouche sensuelle et le front étonné. Que peut-elle désirer de plus, alors ? A vingt ans, après avoir été l'héroïne de *Sainte Jeanne* d'Otto Preminger, elle devient un mythe de la jeunesse avec *A bout de souffle.* Ce film marque son apogée. Pas seulement à cause de son succès : avec Jean-Luc Godard elle trouvait cette plénitude rare de la réussite quand elle s'accompagne du talent et de l'intelligence.

Et après ? « Tout s'apprend... même tomber », disait l'empereur Guillaume II. Jean Seberg n'a pas su ou n'a pas voulu gérer sa carrière en bonne ménagère du succès. Elle a fait confiance à l'avenir. Que de déceptions ! Mais combien d'excellentes comédiennes se sont commises dans des films ineptes sans en être entamées... Ce n'était pas dans sa nature : sa carapace à elle était fragile. Il n'est pas certain que toutes les productions auxquelles elle a prêté son visage et son jeu furent médiocres — les tentatives cinématographiques de Romain Gary ne manquaient pas d'ambition. Peu en tout cas durent la combler. N'avait-elle plus le choix qu'entre des rôles médiocres ? N'est-ce pas plutôt que le métier d'actrice ne la satisfaisait plus ? Il est difficile de durer, plus difficile encore de garder la foi dans ce monde du sortilège en butte à mille tracasseries commerciales, aux concessions et négociations dégradantes de la foire aux vedettes.

Vivre, exercer son métier, pour une actrice comme pour quiconque, c'est savoir prendre quelques accommodements avec la vulgarité, la méchanceté, les bassesses, toute cette lie qui tapisse nos existences. Elle ne le pouvait pas. Là où il aurait fallu négocier, se battre, élaborer une stratégie, le dégoût la prenait. Elle se contentait sans joie de continuer sur sa lancée, espérant un miracle. Un jour, elle dira : « On ne me propose que des rôles stupides et vulgaires. Je vais faire autre chose. »

Pourtant, elle avait fait « d'autres choses ». Elle avait milité, elle s'était battue contre le racisme, défendant aux États-Unis la cause des Black Panthers. Ah ! ces grandes causes ! La paix au Viêt-nam, le racisme ! Elle qui avait perdu la foi en son métier mais qui restait disponible pour un idéal, comme elle s'est enflammée pour ces grands mouvements de générosité ! Cela fait sourire, ces prises de position d'acteurs. Il serait injuste de n'y voir qu'un excès de cabotinage. L'action militante de Jean Seberg en faveur des

Noirs était de la même nature que celle menée par Marlon Brando en faveur des Indiens, tout comme celle de Jane Fonda et bien d'autres... Quand on a été favorisé par le destin, bercé par le succès, comment ne pas avoir une oreille compatissante pour ceux qui souffrent le plus injustement ? De ce combat, Jean Seberg n'a retiré aucun avantage. Elle y a consacré sa fortune, sa foi ardente. Elle y a peut-être fait l'apprentissage de la haine et perdu l'enfant qu'elle attendait.

Comme tous les êtres vrais et vivants, elle se dispersait. Elle était en quête d'une vérité qu'elle ne trouvait pas. La vérité des mots par opposition à la tromperie des images, ce fut peut-être Romain Gary qui l'incarna. On peut rêver longtemps sur ce couple magique que forment toujours un écrivain et une actrice : l'un luttant de toutes ses forces pour imprimer sa marque, maîtriser les signes et remonter ce courant qui emporte tous les êtres vers l'oubli ; l'autre sachant que son art est un dessin sur le sable, périssable, beau comme les gestes, condamné à l'éphémère. Sans doute l'a-t-elle fait rêver. Elle lui a apporté cette séduction fraîche et spontanée à laquelle cédèrent tant d'écrivains ; Vigny amoureux de Marie Dorval, Nerval de Jenny Colon, Arthur Miller de Marilyn. Pour elle, la littérature, ce fut sans doute, à travers cet écrivain consacré, la fascination d'un grand jeu de la vérité, d'un jeu grave, noble, terrible, mais qui compense tous les échecs car il transcende la vie. Dans une lettre ouverte, elle a exprimé ce sentiment. Évoquant Bob Dylan, elle écrivait : « Il doit vivre avec son génie, chose jamais facile : demande à Baudelaire, demande à Garrel, demande à Romain Gary. »

Pourtant, c'est dans cette jungle des mots qu'elle a tenté elle aussi de se frayer un chemin. Comme tous ceux qui se sont perdus et veulent se retrouver. Le grand vertige salvateur : se comprendre et être compris. Par ses tentatives littéraires : journal, Mémoires, scénarios, lettres ouvertes, elle tentait d'unifier par l'écriture les expériences éparses de sa vie. La vérité enfin... ou son dernier mirage. En cela, elle était un écrivain. Car les écrivains ne sont pas seulement les quelques personnes qui chaque année publient plus ou moins pompeusement des livres, ce sont aussi tous ceux qui tentent en vain par les mots de sauver quelque chose de ce gâchis qu'est toute existence pour qui s'est donné un grand idéal. Et Jean Seberg a connu ce chemin de croix obscur. Seule, le téléphone décroché, dans un grand studio aux murs nus, elle a voulu tirer de sa machine à écrire une mélodie. Comme tant d'autres qui torturent les pages blanches, désespèrent, raturent, abandonnent, reprennent espoir. Ces souffrances, les grands écrivains et les petits, les bons et les mauvais les ont en partage. Le désespoir et la joie hantent avec la même force le vieux Tolstoï chargé de gloire et le famélique inconnu aux manuscrits sempiternellement refusés par Gallimard. Jean Seberg n'a pas abouti. On peut le regretter. Peut-être y aurait-elle trouvé un ancrage ? Ce n'est pas certain. Écrire, c'est toujours découvrir une vérité qui fait mal. Et la consécration n'a pas préservé les écrivains du désespoir.

Rien n'est plus inutile que de charger d'explications un geste qui garde toujours son mystère. Le suicide de Jean Seberg, elle seule en a connu la raison, s'il y en a une. Qui peut juger de la valeur que l'on accorde à sa propre vie ? Personne. Cet acte tragique témoigne de la plus grande liberté, on ne peut l'asservir à des causes trop simples : quelque importance qu'aient pu avoir dans sa vie personnelle les manœuvres du FBI pour la déconsidérer, la perte d'un enfant, une dépression nerveuse, ces raisons séparées ou accumulées ne nous donnent pas la clé de sa vie. Laissons donc à Jean Seberg son secret. Créditons-la d'une liberté qui fait le prix de son geste. Ce que nous savons, c'est qu'elle est morte d'avoir eu trop d'exigence. Cela suffit à lui assurer sa part de noblesse dans un monde où tant d'êtres qui vivent n'en ont aucune.

Gardons plutôt cette image : celle d'une jeune femme aux yeux clairs qui a poursuivi le rêve alchimique de tous les créateurs qui veulent tirer d'une vie médiocre une substance précieuse. « L'art, disait le peintre Braque, c'est une blessure qui devient lumière. » De l'art, Jean Seberg n'aura connu que la blessure.

VIII

LE JOUR SE LÈVE, LA NUIT TOMBE

C'est toujours le même petit matin froid, à l'aube, avec dans la gorge le goût du café amer et dans la poitrine la chaleur orgueilleuse de ceux qui n'ont pas abdiqué. Toute mort offre le spectacle d'une humiliation. On n'humilie pas ceux qu'on fusille. Autour du poteau d'exécution se déroule une cérémonie guerrière qui admet la majesté du condamné, reconnaît sa légitimité et l'élève dans une sphère hors du droit commun. D'où vient que ce rituel, qui ressemble à celui d'un duel sans combat, ait été purgé de toute idée d'infamie ? On revient à la conception antique du sacrifice. A travers la société, ce sont les dieux qui s'expriment. Rarement, en quelques heures, dans un lieu dépouillé de tout accessoire, un théâtre a mobilisé autant de grandeur, résumé les forces d'un drame où tout le monde souffre, où chacun a peur, où entre ceux qui vont donner la mort et celui qui va la recevoir s'opère une communion. La haine n'existe pas entre eux. Le sentiment qui s'impose, qui fait taire les rancœurs, les injures du procès, c'est la fraternité. Fraternité de mortels qui unit les assistants et le condamné ; fraternité qui relie le supplicié à tous ceux que l'histoire a, comme lui, livrés à la mort. Il les interroge. Vers qui vont ses pensées, vers quelles ombres ? Bastien-Thiry, García Lorca, le colonel de La Bédoyère, le maréchal Ney, Brasillach, Pucheu, Darnand, Paul Chack, le commandant d'Estienne d'Orves. Dans cet instant, ils ne sont plus des « traîtres », mais de simples vaincus ; leurs opinions, leurs actes s'abolissent avant de refleurir dans la légende ou dans la mémoire ; il n'y a plus ni communiste, ni fasciste, ni résistant, ni collabo, seulement un homme qui fait face à douze fusils braqués, qui sait qu'on le regarde, que d'autres, plus tard, dans des circonstances identiques, songeront à lui, appuieront leur courage sur son souvenir.

Quelle paix glacée, quelle sagesse soudaine du sang lui donnent cet air de défi ? Il sait qu'il va appartenir à une chevalerie des ombres.

Le véritable frère du fusillé, même s'il l'ignore, c'est le suicidé. Car celui qui se suicide n'est pas seul. Tant de visages l'accompagnent. Lui aussi, il a eu son procès, son interrogatoire, son procureur — le pire : lui-même ; son cerveau, transformé en chambre ardente, a été traversé d'hésitations, de doutes, de scrupules, avant de prononcer son verdict. Avec quelle ferveur il pense à tous ces cœurs dans lesquels il veut continuer à vivre : une femme aimée, un premier amour, ceux qu'il veut blesser d'une flèche empoisonnée, ceux qui le pleureront. Quelle sera son empreinte sur eux ? L'oublieront-ils ? Il imagine la déformation que le choc de sa mort va imprimer sur ces visages, tel un amant qui scrute les traits d'une femme au moment de sa jouissance. Fusillés et suicidés, comme Prévost-Paradol, meurent toujours debout devant un miroir. Leur mort, qu'ils l'aient ou non souhaitée, leur appartient plus qu'aucun acte de leur vie, elle est leur bien sacré. C'est pourquoi ils la veulent belle, ordonnée. Violente et sanglante comme une naissance, ils pressentent qu'elle va résoudre leur être en images légères et doucement amères. Là est peut-être le secret de leur sérénité : ils savent qu'ils vont exister parmi les vivants mieux que dans une chair et un corps périssables, comme un fantôme paré de la séduction des énigmes.

Chaque fusillé, dans ses derniers instants, nous parle, nous livre son message. Il y a bien des existences qui laissent une impression de dégoût, d'insignifiance, des morts sales. Quels qu'aient pu être la vie des fusillés, leurs crimes, leurs erreurs, leur médiocrité, il m'a toujours semblé qu'alors ils étaient purifiés, en prise directe avec une grandeur héroïque, et qu'ils se ressemblaient. Pourtant, qu'y a-t-il jamais eu de commun entre le commandant d'Estienne d'Orves et Darnand, le chef de la Milice ? Rien ! Des choix politiques et idéologiques si opposés qu'il peut paraître sacrilège de les associer mais qui soudain s'estompent pour laisser place à une vérité plus brûlante, à une révélation. Qu'importe alors l'ordre ou le désordre des actes passés, leur couleur, les lois transgressées ? Le terre à terre fangeux des querelles s'éloigne. On s'élève vers les cimes mythiques. Le sentiment de l'infini est semblable à la grâce. Et le condamné, face au peloton, aux trois sommations, n'appartient déjà plus au monde.

Le 20 mars 1944, à l'aube, l'aumônier de la prison militaire d'Alger réveille Pierre Pucheu. Il se lève aussitôt : « Ne me dites rien, mon père, je sais pourquoi vous venez. » Il commence sa toilette et s'habille avec soin ; il brosse ses souliers et plie sa pochette blanche. L'aumônier lui demande s'il veut se confesser. Il refuse. Dès qu'il sort de sa cellule, il aperçoit les juges militaires qui l'attendent. Il exprime au directeur de la prison son intention de diriger lui-même le feu du peloton.

L'aumônier vient le chercher. Il descend l'escalier qui mène à la chapelle. Son pas résonne sous la voûte sombre et humide. Un gardien éclaire les marches avec une lampe à pétrole. Devant l'autel, il se tient debout, très droit dans son manteau noir, les bras croisés. La lampe éclaire son visage pâle, un peu empâté, de bon élève volontaire. Il n'a pas quitté ses lunettes rondes qui étonnent dans un corps aussi découplé.

La messe dite, il attend, à l'écart, dans la cour. Un gardien lui apporte une tasse de café. Il le boit à petites gorgées. Le directeur de la prison s'approche et lui annonce que le ministre de la Justice a fait droit à ses dernières volontés. Pucheu lui serre la main et lui dit : « Faites savoir au général Giraud que j'ai cru en sa parole et c'est pourquoi aujourd'hui je tombe sous des balles françaises… en tant qu'homme, en tant que militaire, il s'est déshonoré. » Il regagne sa cellule et serre les mains des gardiens.

Une voiture l'attend dans la cour. Il y monte. Elle démarre escortée de deux cars de gardes mobiles, franchit l'enceinte de la prison dans la nuit noire et se dirige dans les faubourgs déserts vers l'hippodrome. Pucheu ne dit pas un mot. Son regard semble absorbé par la contemplation du paysage dans la nuit. Alger paraît repliée sur ses secrets : l'obscurité a recouvert le grand chaudron bouillonnant de complots, d'apostasies, de marchandages ; une ville en proie à la démence politicienne, infectée par les miasmes des ambitions et des intrigues, que ne parvient même pas à chasser le grand souffle de la victoire qui se lève. A quoi songe Pucheu ? A sa femme, à ses enfants restés en France ? A sa carrière fulgurante qui va s'achever : quel chemin a parcouru ce fils d'un artisan béarnais, boursier, normalien, chef d'entreprise, devenu ministre de la Production industrielle, puis de l'Intérieur dans le ministère Darlan ? A sa traversée des Pyrénées en fraude pour rejoindre Madrid et la France combattante ? A son procès tronqué ? Au message du général de Gaulle que vient de lui transmettre son avocat : « Je garde mon estime à M. Pucheu... Mais nos personnes ne comptent pas, notre seul guide doit être la raison d'État... Je lui donne l'assurance sur mon honneur d'assurer l'éducation de ses enfants... », toute la logique incohérente de l'histoire éclate dans ces phrases. Peut-être ses pensées vont-elles vers les fusillés de Châteaubriant, vers d'Estienne d'Orves, que sais-je ?

La voiture pénètre dans l'hippodrome. Des camions militaires, des troupes. Un poteau est fiché en terre. Les soldats du peloton attendent dans le froid. Le jour ne s'est pas levé. Une légère décoloration l'annonce dans le ciel.

Sous la lueur des phares, Pucheu fume une cigarette, les mains dans les poches. Il fait quelques pas devant les troupes. Il veut qu'on lui présente l'adjudant qui commande le peloton.

« Je commanderai moi-même le feu. Je veux qu'aucun gradé français autre que le général Giraud ne commande ce crime. »

L'adjudant se présente au garde-à-vous, sabre au clair.

« Quelle arme ?

— La garde !

— Monsieur, je prends votre place. C'est moi qui donnerai les ordres. Quels sont les commandements réglementaires ? »

Puis il s'adresse aux soldats du peloton : « Messieurs, je vous pardonne d'avance. Vous obéissez aux ordres. Vous n'êtes pour rien dans cet assassinat politique. Je ne vous en veux pas. Je vous garde toute mon estime et je tiens à vous serrer la main. »

Pucheu retire son manteau et se dirige vers le poteau. L'aumônier lui tend un crucifix. Il hésite. « Mon fils, pour votre femme, pour vos enfants... » Il baise le crucifix et embrasse l'aumônier. Puis il dit adieu à ses avocats, maître Gouttebaron et maître Trappe qui a tracé le récit de ses derniers instants :

« Il se tient droit devant le poteau. Les hommes s'avancent à six mètres. Le premier rang s'agenouille. Il fait encore nuit. On distingue mal les visages. Pucheu, très droit, les bras croisés, suspend un instant son regard sur tout ce qui l'entoure. La lueur des phares jette un éclat sinistre. Sa haute silhouette sombre se détache sur l'horizon, tandis que le jour se lève à peine sur la mer.

« " Êtes-vous prêts, messieurs ? "

« Pucheu lève le bras droit. Dans le silence, sa voix calme porte étrangement loin.

« " En joue... "

« Son bras retombe.

« " ... Feu ! "

« Une seule détonation. Un bruit sourd. Un râle. Pucheu est tombé à droite du poteau, les bras et les jambes en croix. L'adjudant donne le coup de grâce. Un réflexe, un léger sursaut. Le docteur Loufrani se penche, constate le décès. Il est six heures. Des soldats pleurent. L'aumônier récite les prières. »

La mort de Pucheu m'a hanté. J'ai emprunté quelques traits de son destin tragique, traversé par deux vérités, foudroyé par la raison d'État, quand j'ai écrit mon roman *Avant-guerre.* Le personnage que je mettais en scène se convertissait dans sa prison, ce qui ne fut pas le cas de Pucheu. Par l'illumination de la foi au seuil de la mort, je voulais signifier que le condamné avait atteint d'autres cimes ; il était devenu un être à part, délivré des chaînes qui lient à la vie, comme ivre de ce qu'il va découvrir. A cette élévation de la personne, je n'ai pu trouver de correspondance que dans la conversion. Dieu, l'infini, comment appeler cette présence avec laquelle déjà dialogue celui qu'on va fusiller ?

C'est cette élévation soudaine, proche de la transfiguration, qui frappe le plus dans les derniers instants de Joseph Darnand, le chef des miliciens qui a expié leurs crimes. Héros des deux guerres, il était un de ces soldats dans l'âme pour qui la mort est une compagne familière. Du soldat, il avait la simplicité, les limites, la fidélité jusqu'à l'aveuglement. Mourir fusillé n'était sans doute pas pour déplaire à cet amoureux du courage et des armes. La veille de son exécution, il écrit à son avocat, une femme : « Je vous ai fait demander de n'être pas là demain matin. Vous me passerez cette dernière coquetterie de vouloir mourir en soldat. »

Son ami, son confesseur, le père Bruckberger, l'assiste dans sa dernière journée à Fresnes. Darnand lui avoue : « C'est plus fort que moi. Mon corps n'arrive pas à imaginer la vie éternelle. Il faut une grande violence pour lui imposer cette idée. Mais j'y crois... »

Le père Bruckberger lui lit alors une lettre de sainte Catherine de Sienne où elle raconte les derniers instants de Nicolas Tuldo, un jeune condamné politique originaire de Pérouse, qu'elle a préparé au supplice. Indigné de l'injustice qui lui était faite, Nicolas Tuldo avait d'abord refusé le secours de la religion. Catherine de Sienne parvint à le persuader d'accepter sa mort et de la donner à Dieu. Non seulement il demanda la communion mais l'idée de sa fin prochaine le rendait joyeux, plein d'allégresse. Il craignait seulement de n'être pas assez courageux au moment suprême. C'est pourquoi elle l'accompagna sur l'échafaud. Elle tint sa tête tendrement sur le billot et, à l'instant où elle la reçut dans ses mains, elle s'exclama : « Voglio ! (Je veux !) » Ce texte magnifique, Darnand le médite longuement pendant sa dernière nuit.

Dès l'aube commence le cérémonial immuable de toutes les exécutions : le cortège des officiels, la confession, le café, la messe, le départ de la prison de Fresnes. A ses gendarmes, Darnand confie : « Vous croyez me conduire vers la mort. Eh bien, j'entre dans la vie. »

Au fort de Châtillon, il sort du fourgon cellulaire en s'exclamant : « Comme il fait beau, comme je suis heureux qu'il fasse si beau ! » Puis il se dirige d'un pas tranquille vers le poteau. Il refuse qu'on lui bande les yeux. Les canons se lèvent. Le visage rayonnant, il s'adresse au père Bruck :

« A Dieu, mon père !

« A Dieu, mes amis !

« A Dieu, mes miliciens !

« Je veux !

« Vive Dieu !

« Vive la France ! »

Le peloton fait feu. Il s'effondre.

Par ce « Je veux », le vieux briscard, qui avait mis son épée au service des crimes de la Milice, mêlait son sang à celui de Nicolas Tuldo et rejoignait la jeune sainte de Toscane, ultime messagère de la douce pitié de Dieu.

La grâce devant la mort bouleverse peut-être plus chez le mécréant repenti que chez le chrétien fervent car elle accentue le contraste. Cet éclair qui surgit soudain de l'ombre... Mais comme elle est belle cette fin lumineuse du chrétien qui marche vers le sacrifice comme vers une chance de pouvoir authentifier sa foi dans le sang ! C'est le retour à la source, au martyre, qui revivifie la prière, la dépouille de sa gangue sociale, de son formalisme. Les mots « sang », « vie éternelle », si usés par la routine, reprennent alors leur sens premier et resplendissent.

Bastien-Thiry, le jour de son exécution, demande à ne recevoir en communion que la moitié de l'hostie afin de la partager avec son épouse par-delà la mort. Son comportement, lorsqu'il sort de la chapelle et attend le fourgon cellulaire qui doit le conduire à son supplice au fort d'Ivry, impressionne le médecin de la prison : « Il dédaignait tout à fait ce qui était en train de se débattre, l'ultime chance de le sauver... Il était déjà au-delà. Je le regardai : il rayonnait. Il rayonnait de bonheur. Cette joie dans son regard... »

C'est chez le commandant d'Estienne d'Orves que se concentrent avec le plus d'intensité les lumières de la foi. Son existence semble tracée pour servir d'exemple, prédestinée à l'édification : beau, aristocrate, chrétien fervent, bon père de famille, marin plein de bravoure, il rallie Londres en 1940 et est un des pionniers de la Résistance. Jusque-là c'est une personnalité presque trop parfaite, façonnée par la vertu et le sens du devoir, dont l'existence a été enserrée par les digues des valeurs militaires, familiales et bourgeoises. C'est à partir de son arrestation par les Allemands, en 1941, à la suite d'une trahison, que toutes ses qualités, éprouvées par la souffrance et l'humiliation, le font accéder à sa vraie dimension. Le cachot, l'angoisse, la mort apportent à cette vie trop bien gouvernée par la rectitude et l'honneur je ne sais quelle sauvagerie sans laquelle elle n'eût pas acquis cette ampleur et ce rayonnement tragique.

Pendant les sept mois qui précéderont son exécution, entre les geôles de Berlin et la prison du Cherche-Midi, il se prépare au martyre. Dans son approfondissement spirituel il reçoit le secours d'un saint, l'abbé Stock. Ses lettres nous montrent un homme que la foi a prémuni contre toute crainte de la mort : « Je n'ai pas peur de ma mort, mais j'ai peur de la peur que les miens en ont. » Avec humilité et joie, il y voit la vocation du chrétien : retrouver le chemin du Christ en partageant ses souffrances jusqu'à l'agonie. Ce calvaire, il le gravit avec deux compagnons exceptionnels, Yann Doornik et Maurice Barlier, dont la fermeté d'âme impressionnera les Allemands.

La veille de son exécution, le 28 août 1941, il écrit à sa femme et à sa sœur des lettres qui n'expriment pas la résignation mais la joie. Ses seules craintes touchent la douleur des siens, leur avenir, celui des familles de ses compagnons. Mais on le sent, lui, illuminé par la grâce.

Au petit matin, l'abbé Stock dit la messe

dans sa cellule. Il communie avec ses deux compagnons et adresse ses adieux aux membres de son réseau qui ont été graciés. Dans l'autocar qui les emporte avec les soldats du peloton d'exécution et trois cercueils, les condamnés chantent des cantiques puis récitent les prières des agonisants. Arrivés à la caponnière du mont Valérien, ils refusent qu'on leur bande les yeux et qu'on lie leurs mains. Ils reçoivent à genoux une dernière bénédiction de l'abbé Stock. La salve les fauche au garde-à-vous.

C'est à l'instant où il sait l'heure de son exécution fixée que le fusillé rejoint par l'esprit le suicidé. Il se produit chez lui un phénomène qui dépasse le courage, comme si la passion de la vie s'inversait jusqu'à devenir la passion de la mort. Ce n'est pas par crânerie qu'il demande de commander le feu du peloton, ce geste répond à une exigence très forte : il veut être l'artisan, le maître de sa mort. Pour lui, l'arrêt rendu par la société a subitement perdu son importance : il devient une décision du destin, l'expression d'une ordalie. Le condamné fait plus que se soumettre à la mort, il s'avance vers elle dans le plein jour de la conscience, pour témoigner de sa liberté. Est-il possible qu'à cet instant il la désire ? Sans doute répète-t-il le « Je veux » de Nicolas Tuldo et de Catherine de Sienne.

En face de tous ces fusillés qui ont eu une mort solennelle, auxquels il faudrait ajouter le maréchal Ney, le jeune colonel de La Bédoyère, victimes légendaires de l'épopée des Cent-Jours, Federico García Lorca fait figure de maudit. Arraché d'une maison de Grenade où il avait trouvé refuge, il est entraîné avec quelques camarades dans un bois d'oliviers et mitraillé devant des fosses ouvertes. Mais quels qu'aient pu être l'acharnement et la bestialité de ses bourreaux, ils n'ont pu éviter de le massacrer dans un lieu qui semble rendre hommage à son destin de poète. Le bois d'oliviers s'appelait la Fuente de Aynadamar : en arabe, la Source des Larmes.

IX

AIMER LA VIE A EN MOURIR

De quel écrivain aurais-je aimé avoir la vie ? La réponse claque comme trois détonations : Jack London, Hemingway, Maupassant — deux suicides, une tentative. Pourtant l'image de ces écrivains est loin d'être nocturne, elle est solaire, éclatante. Leur mort apparaît comme une inexplicable anorexie qui frappe un formidable appétit de vivre. Rien de moins malsain que le geste mystérieux qui interrompt leur élan en pleine course. Comme si, soudain, la violence de leurs instincts s'était retournée contre eux-mêmes. Mais comment peut-on avoir à ce point aimé le soleil et vouloir un jour l'éteindre à jamais ? L'amour de la vie, comme tout amour, est fait de tant de pulsions contradictoires : il veut à la fois construire et détruire, posséder et être libre, se nourrir d'illusions et d'angoisses. Nous n'en voyons pas la surface immergée, mais le sourire vainqueur, pas les échecs, mais le plein feu de la gloire, pas la corrosion souterraine, mais l'éclat des conquêtes.

La littérature a toujours été pour moi inséparable du grand air, de je ne sais quelle allure robuste et sportive, dont on a la délicatesse de recouvrir ses nerfs malades. Oui, le grand empire de la liberté. On peut révérer l'œuvre d'un homme qui a vécu au milieu des fumigations dans une chambre tapissée de liège, mais préférer une existence qui brasse les paysages et les corps, brunie au soleil du désert, gercée par les glaces du Klondike, dont la peau garde le souvenir d'autant de cicatrices que de caresses. L'écrivain soudé à son bureau, aux jambes ankylosées, aux instincts affadis, qui n'a jamais respiré que la poussière des livres et n'a humé que les extases des autres, ranci dans cette humeur aigre que sécrète le monde des lettres quand on n'ouvre pas grand ses portes, ne m'a jamais excité.

J'aime l'écrivain dont le talent et la voile sont

gonflés par l'air du grand large ; celui qui a cherché son chemin dans les étoiles, qui s'est perdu dans les forêts, qui s'est baigné dans les lacs glacés et dans la vie élémentaire, qui a tenu dans sa main des épis de blé mûr, qui a vu fumer devant un feu ses chaussures boueuses, qui s'est enivré dans les bordels, qui a connu la vérole, la guerre, la prison, la peur, la faim, qui a éprouvé la trahison des femmes du monde et la fidélité des putains, que ses rêves ont vivifié et stimulé autant que l'oxygène : Brantôme, Knut Hamsun, Malraux, Tolstoï, le colonel Lawrence, Jan Potocki, Chateaubriand, Conrad n'étaient ni des brutes ni des barbares. Mais quand on les lit et les regarde vivre, on s'aperçoit que la bonne littérature ne s'attarde pas forcément dans les bibliothèques, qu'elle tira sa force ailleurs, des tempêtes, des orages et des amples mouvements de la terre. Les grands amoureux de la vie ne font pas le détail. Ils aiment tout d'elle : la rêver, la transformer, la pétrir, la caresser, la fouetter, en tirer toutes les extases, immanquablement suivies de toutes les déceptions et de toutes les tristesses.

Jack London a le sourire vrai et lumineux de

John Kennedy. C'est un homme qu'on sent en pleine possession de ses moyens et de sa vie. Il a hissé la grande voile de ses ambitions devant le souffle impétueux du rêve américain. On imagine derrière et devant lui de grands espaces, la jeunesse d'un continent et ses espoirs. Il a été pilleur d'huîtres, mais au fond il restera toujours un chercheur d'or. Il le cherchera tout au long de son existence à travers un extraordinaire brassage d'expériences. Que n'a-t-il pas aimé de la vie ? Il a fréquenté les pauvres bougres, les marginaux, les trimardeurs, tous les rejetés de la société industrielle, les grands et les petits aventuriers, les ratés ; il a travaillé à l'usine et connu l'abêtissement de la machine, mais aussi les ivresses de liberté devant les grandes étendues neigeuses ; l'espoir et le désespoir ont trempé son caractère. Sans doute a-t-il aimé autant les brutes que les doux idéalistes. Surtout, il a appliqué ses efforts à la littérature avec l'entêtement d'un chercheur d'or, car il faut être fou pour vouloir écrire. Encore plus fou quand on n'a connu que l'école du soir et l'université des bas-fonds. Il s'est attaqué à sa tâche à coups de pioche. Il a creusé, peiné, passé les mots et les phrases dans de multiples tamis, certain de découvrir un jour le filon. Quand il l'a découvert, il n'a eu de cesse de l'exploiter. Avec quelle fièvre ! Alors il a compris que l'homme qui n'atteint jamais son rêve est certainement à plaindre, mais que celui qui l'atteint est plus malheureux encore. Il n'a plus rien à attendre. Il ne lui reste plus qu'à mourir.

C'est la vanité du succès qui a fait apparaître à London la vanité de la vie. Lui qui n'avait vécu que dans les ivresses, celle de l'alcool et toutes les autres, il se sent subitement dégrisé. Il avait écrit : « L'ivrogne ordinaire roule facilement dans le ruisseau, mais quelle terrible épreuve, pour l'autre, de se tenir bien droit, bien assuré sur ses deux jambes, et de conclure que, dans l'univers entier, il n'existe pour lui qu'une seule liberté : celle de devancer le jour de sa mort. » Le 21 novembre 1916, avant de s'endormir dans son ranch de la vallée du Loup dévasté par un incendie, il avale une dose mortelle de morphine. Il avait quarante ans.

Ses seuls vrais bonheurs, London les a connus sur l'eau, avec le *Razzle Dazzle,* acquis en pillant les huîtres dans la baie de San Francisco, puis, plus tard, avec le *Snark* quand il voguait vers le paradis polynésien. Comme Hemingway avec le *Pilar,* ou Maupassant avec le *Bel-Ami.* Mais Hemingway, sur la mer comme sur la terre, a toujours une arme. Il dispose même d'un mitraillette contre les requins, et de tout un arsenal d'hameçons, de lignes, de harpons. Sans parler de sa panoplie de safari, de ses fusils de tous les calibres. Il lui faut des proies vivantes, du sang. Espadon ou buffle, ours ou marlin, il traque sans cesse un animal. Il débusque le gibier, le poursuit et le tire. Ainsi il écrit ses livres. Il a avoué y trouver le même plaisir. Écrire, c'est donner une liberté au rêve, l'entretenir et l'achever. Le point final est une balle mortelle.

Hemingway et Maupassant sont des sensuels. Un coucher de soleil, le frémissement de l'eau, les odeurs végétales, la bonne terre détrempée par la pluie, la neige qui brille sous le soleil de mars, les arbres qui gémissent sous le vent enchantent leur âme païenne. Il leur faut à tous deux une bonne dose d'exercice physique pour respirer : pour Hemingway, excursions sur les pentes neigeuses de Schruns, en Autriche, marches à pied dans le Michigan, safaris au Kenya, pêche au gros en Floride, boxe un peu partout, à Paris, à Rimini, chasse au canard sur la lagune au large de Torcello. Il doit à tout prix se libérer du trop-plein d'énergie qui le tourmente.

Maupassant, lui, tous les dimanches est sur l'eau, à Chatou. Un canotage effréné, suivi de grandes bordées avec des filles : « J'aime l'eau d'une passion désordonnée : la mer, bien que trop grande, trop remuante, impossible à posséder, les rivières si jolies mais qui passent, qui fuient, qui s'en vont, et les marais surtout où palpite toute l'existence inconnue des bêtes aquatiques. » Il n'est pas comme Hemingway toujours à l'affût d'un gibier à plume, à poil, ou à écaille. Lui, il traque la Femme, toutes les femmes, brunes, blondes, rousses, maigres, potelées, célibataires, mariées. Il surveille leurs repaires, salons, guinguettes, bordels, usines, ou bien simplement la rue. Puis il leur tend des pièges, les apprivoise, les caresse et les étreint de toute sa force de colosse. Que d'énergie, de vitalité il dépense dans les lits ; il y laissera sa santé puisqu'il contractera le mal qui mettra vingt ans à l'abattre. Mais c'est un chasseur triste et solitaire qui trompe son désespoir dans cette succession d'éclairs qui n'illuminent rien ; un chasseur fasciné par la proie en liberté, idéale, mais qui n'a de cesse de l'arrêter dans son élan, de la posséder, et qui passe toujours à côté de son secret. Oui, un amant à la mélancolie incurable : « J'ai un pauvre cœur orgueilleux et honteux, un cœur humain dont on rit, mais qui s'émeut et fait mal. Je suis de la famille des écorchés. Mais cela je ne le dis pas, je ne le montre pas, je le dissimule même très bien, je crois. »

Maupassant, qui avait si souvent évoqué l'éventualité de son suicide, se rate. Dès les approches de la folie, il tente de se tuer d'un coup de revolver, mais on a dissimulé les balles ; alors il s'ouvre la gorge à coups de rasoir. Sa robuste constitution le sauve mais ce n'est plus qu'un corps déserté par l'esprit que la folie va ravager dans la clinique du Dr Blanche à Passy.

Son rêve était de finir noyé. Cet éternel amant de l'eau aurait voulu son tombeau au milieu des vagues : « Il m'arrive parfois de faire ce rêve éveillé : je suis couché sur le dos, dans le sable, au bord de la mer. Soudain, je me sens glisser, glisser. A ce moment, une vague me recouvre, puis une autre, puis encore une autre. Et je glisse toujours lentement. Je sens que je m'en vais vers des abîmes insondables. Au-dessus de moi, la lumière est bleue, d'un bleu laiteux, strié d'or. C'est ainsi que je voudrais mourir... »

C'était aussi le rêve de Jack London depuis qu'adolescent, à l'époque où il était pilleur d'huîtres, il était passé par-dessus bord au cours d'une nuit d'ivresse. Il avait hésité à se laisser couler. C'est la fin qu'il prête à Martin Eden, son double littéraire auquel il a donné les grandes lignes de son existence : il se jette à la mer en sautant par le hublot d'un paquebot. Là, au cœur de l'océan, il nage vers les profondeurs : « Puis vinrent la souffrance et l'étouffement. Ce n'était pas la mort encore, se dit-il, au bord de l'inconscience. La mort ne faisait pas souffrir, c'était la vie, cette atroce sensation d'étouffement ; c'était le dernier coup que devait lui porter la vie. »

X

LA PLUS FRATERNELLE DES IMPUISSANCES

Pour un écrivain, tout commence par le chaos de l'adolescence. Il paraît alors encore plus impérieux de détruire que de construire. On voudrait un monde nu, propre, pour y tracer les longues avenues du rêve, les vastes espaces de la passion, d'où s'élanceront les grandes œuvres comme des flèches. Cette soif de détruire qui précède toute création est aussi une ivresse. On se grise de sa puissance en voyant s'effondrer le monde des grandes personnes qui, il y a si peu de temps, vous faisait si peur. Les monuments sont toujours, quelque part, vermoulus. Ils s'écroulent si on les secoue avec un peu d'énergie. Pas de créateur qui n'ait été d'abord dynamiteur, tout comme il n'y a pas de législateur qui n'ait commencé par être anarchiste. Le seul ordre qu'on connaisse, c'est celui qui s'est rassasié du désordre, qui en a épuisé les sortilèges et les poisons. Et puis, détruire, c'est aussi une façon de gagner du temps.

Cette jeunesse iconoclaste de l'art, elle éclate avec le surréalisme, comme si l'on trouvait que la guerre n'avait fait qu'une besogne timide et qu'on voulût la peau d'un certain nombre d'idées et d'idoles ayant échappé au massacre. On ouvre un procès général aux vivants comme aux morts. On excommunie, on épure tout : la langue, la syntaxe, le dictionnaire, l'histoire. On casse les vieilles bicoques : la famille, la religion, le mariage, l'armée. On retrouve la fièvre des conventionnels.

Le danger c'est de ne pouvoir s'arrêter. De remettre sans cesse au lendemain l'effort de construire, de lui trouver des échappatoires. Un écrivain pense toujours avec bonheur au livre qu'il va écrire, mais il se dirige vers sa table de travail avec à peu près autant de gaieté que s'il devait s'allonger sur une table d'opération et s'ouvrir lui-même le ventre sans anesthésie. Tous les artifices, tous les subterfuges sont bons pour retarder le moment fatal où il va s'exprimer, et, à son tour, être jugé. Il mesure en alignant avec peine chaque mot combien défaire est plus aisé que faire. A force de n'avoir voulu imiter personne, il ne sait plus qui il est. Seul, sans repère, déraciné, devant un monde aussi ravagé qu'après l'explosion d'une bombe atomique, il ne reconnaît plus son chemin. Il a foi en son génie. Mais il ne sait plus à quel saint le vouer.

Alors on se retrouve dans ces arrière-salles de café où se sont élaborées ces revues qui ont fleuri comme des pavots dans les années de l'après-guerre de 14-18, autour de quelques maîtres qui tentent d'organiser le désordre, de le légiférer, de lui donner un sens. Mais il est plus facile de lancer des anathèmes et des exclusives que de proposer une voie. Quand on songe à cette période, on est frappé de voir réunis autant de talents. C'est un feu d'artifice de l'intelligence, de l'imagination, de l'invention. Les idées fusent ; les mots font mouche. Sur les décombres et les ruines s'organise un fabuleux laboratoire artistique. Et puis on vit, on s'aime, on fait la fête, on ne se couche jamais avant l'aube, on s'enivre, d'alcools, d'opium.

On parle du suicide avec la désinvolture de ceux qui considèrent que la vie ne vaut pas plus cher qu'un smoking. Mais, au fond de soi, dans le petit matin, devant le jour qui se lève et qui, lui, ne triche pas, on sait que la fête va finir, la jeunesse s'évanouir, et qu'on ne pourra pas vivre toujours en trompe l'œil.

Écrire, il n'y a pas de pire drogue que celle-là. Elle ne vous lâche plus. Elle s'insinue dans la moelle de l'existence. Et quelle autre activité pouvaient choisir les surréalistes ? A leur manière, ils étaient des aristocrates ; travailler eût été déchoir. On les voit mal dans une banque, dans les assurances, et le journalisme leur paraissait la pire des prostitutions. L'État bourgeois ne leur offrait pas d'issue. Une seule aventure était possible : créer, peindre, écrire. Leur combat avec les mots, c'est l'une des dernières échauffourées tragiques de la Grande Guerre. Une bataille silencieuse où les combattants s'effondrent, frappés par des balles invisibles, comme les asphyxies à l'ypérite. Ils sont les jeunes frères de ceux qui sont tombés le visage dans la boue de Champagne, des Ardennes, ou dans la pierraille des Dardanelles. La mort ne les avait pas démobilisés, elle ne leur avait accordé qu'un sursis.

Aragon a frôlé le suicide, à Venise, avec Nancy Cunard. Puis il s'est accroché à des branches solides : Elsa, le Parti communiste, le roman. Jacques Vaché, lui, à vingt-quatre ans, s'est donné la mort, à Nantes, en avalant quarante grammes d'opium. Il était arrivé au bout de cet *umour* qu'il définissait comme « l'inutilité théâtrale (et sans joie) de tout ». Il s'était voulu un maître dans l'art d'attacher très peu d'importance à toute chose. Dans son style hachuré, il laisse percer son désarroi dans une lettre à André Breton : « Mes pérégrinations multiples — j'ai conscience vaguement d'emmagasiner toutes sortes de choses — ou de pourrir un peu. QUE VA-T-IL SORTIR DE LA, BON DIEU ! »

C'est certainement l'écrivain qui a le moins écrit. Il n'a pas compromis son génie avec le papier. Des lettres écrites pendant la guerre, deux textes de quelques pages, *le Sanglant Symbole* et *Blanche acétylène.* Pourtant, il y a ce miracle : il vit.

Avec son beau visage d'ange noir bientôt

supplicié, René Crevel a rêvé, lui aussi, la littérature comme un instrument de haute précision, un scalpel, pour pénétrer au tréfonds de lui-même et se délivrer de ses cancers. Ses livres sont effilés, étincelants, coupants, comme de l'acier. Par les mots, il a tenté de cerner ses obsessions, de leur donner une forme, pour les tuer. A force de gratter ses plaies, il les a enflammées. Il traînait sa jeunesse comme un mal inguérissable. A treize ans, il avait assisté au suicide de son père : « Ce suicide — pour ma formation et ma déformation — fit plus que tout essai postérieur d'amour et de haine. » Ni la littérature, ni la psychanalyse n'ont pu le secourir. Ses déchirures étaient trop profondes : familiales, artistiques, sexuelles, politiques. C'était un écartelé. L'idée du suicide le hantait comme la seule planche de salut : « Se suicident ceux-là seuls qui n'ont point la quasi universelle lâcheté de lutter contre cette sensation d'âme déjà nommée, si intense qu'il nous faut bien jusqu'à nouvel ordre la prendre pour une sensation de vérité. » Et il concluait ce texte de *Mon corps et Moi* : « Au reste, la hantise du suicide, sans doute, me demeurera la meilleure et la pire garantie contre le suicide. » Ce fut la pire puisqu'il mit fin à ses jours en 1935.

Mais c'est chez Jacques Rigaut que j'ai toujours trouvé la plus fraternelle des impuissances, à être, à écrire, à vivre. Son style, qui a de la pétulance, de l'humour, de la gaieté, n'est qu'un masque de carnaval pour travestir son désespoir. On ne se moque pas impunément des choses graves : ses pirouettes et ses pieds de nez devant la mort, comme si elle n'était qu'une invitée importune dans une fête, donnent une impression de malaise. Tout comme il avait réuni des amis et des idées disparates, il a accumulé tous les matériaux d'une œuvre sans savoir qu'en faire. Il commençait toujours ses livres par le titre : le plus souvent il n'allait pas plus loin. Ou alors, il poussait jusqu'à la fin du premier paragraphe. Puis, il s'en dégoûtait, repartait sur un autre sujet. Il est rarement venu à bout d'un premier chapitre. C'est tout ce qui reste de lui : ces tentatives, ces brouillons, ces projets avortés ; un formidable amour de la littérature resté platonique. Défaut de volonté, d'illusion, incapacité de se monter la tête plus d'une heure, d'une journée ? Il n'a pas été assez fort pour dépasser la déception que tout écrivain éprouve devant ce qu'il vient d'écrire, qui lui donne envie de brûler de rage ses feuillets raturés et de piétiner leurs cendres. Mais l'écrivain s'acharne et, à force de ténacité, il finit par s'attacher à son ouvrage comme on finit par prendre plaisir aux humiliations et aux brimades d'un bourreau.

Si j'ai tant aimé Jacques Rigaut, c'est qu'il a incarné cette tragédie de la nécessité et de l'impossibilité d'écrire qui a été pendant dix ans mon calvaire secret. Ce que j'ai souffert pendant cette époque ne peut être comparé à rien, sinon à l'impuissance sexuelle. Parfois, dans mes cauchemars, je me revois seul dans des hôtels déserts, dans les îles grecques, à Torcello, seul avec le désir d'écrire planté dans le cœur, seul devant une rame de papier blanc, ravagé par l'impuissance absolue de donner naissance à quoi que ce soit, pas même à un monstre. L'enfer de cette lutte avec un adversaire insaisissable ressemble à la folie qui s'emparerait d'un homme qui se regarderait dans un miroir et aurait la stupeur de ne pas y voir son image. L'angoisse de ne pas exister, de n'être rien.

Écrire était pour moi le seul moyen de trouver un équilibre sans lequel je boiterais toute ma vie. Je voulais dire quelque chose, mais je ne savais pas au juste quoi. La confusion m'étouffait. Ce que je désirais, je le pressentais : je voulais parler de mes rêves, de ma vie, de mes amours, je voulais mêler ce que j'étais et ce que j'aurais voulu être ; vivre une autre vie, semblable à la mienne et très différente, plus légère, plus aérienne, plus libre. On se lasse vite du rêve éveillé, vain et maussade comme un plaisir solitaire ; l'écriture est, avec l'amour — et peut-être aussi le pouvoir —, la seule activité qui permette d'accoupler la réalité et le rêve. J'étais dans une situation dangereuse : je m'étais trop avancé pour revenir en arrière. Si je renonçais, je savais que mon existence serait dévorée par les regrets. Je m'imaginais dans la peau de ces vieux journalistes désenchantés que je côtoyais, qui sortaient un vieux manuscrit de leur tiroir en disant un « Si j'avais voulu » qui signifiait un douloureux « Si j'avais pu ». L'avenir m'apparaissait sous le jour le plus horrible. Si je n'écrivais pas, quel intérêt présenterais-je jamais pour moi et pour les autres ? Ma valeur, si j'en avais une, était en moi. Qui la soupçonnerait si je restais muet ? J'avais le sentiment d'être un infirme auquel il manquait un organe essentiel.

Souvent dans ces moments j'ai songé à me tuer, à me tuer pour tuer mon impuissance, ma rage d'exister, ma douloureuse insuffisance d'être, me tuer pour dessiner au moins dans le néant cette image de moi que j'étais incapable d'exprimer dans la vie.

Ce désarroi, je le clamai dans une chronique sur Jacques Rigaut chez qui je retrouvais ma pathétique impuissance et la tragique issue qui m'attendait. Je jetai ce texte comme un cri. Pourquoi ? Sait-on pourquoi on crie ? Sans doute pour appeler au secours, ou simplement parce qu'on ne peut faire autrement.

C'est alors que je reçus une lettre de Jean d'Ormesson ; une lettre comme tout jeune homme qui veut écrire rêve d'en recevoir : pleine d'encouragement, de sympathie, de confiance. Qu'étais-je pour lui ? Un inconnu qui hissait le pavillon de la perdition littéraire. Je vis dans son message un signe du destin. A son insu, il occupait dans ma géographie personnelle une place immense : jeune Polonius sentimental, j'avais épié ses amours derrière les tapisseries ; le hasard — mais il n'y a pas de hasard — m'avait fait aimer des femmes qui lui étaient proches et ne me parlaient que de lui. Il a été, au sortir de l'adolescence, cet écrivain dont l'existence, les livres, la légende, les amours paraissent à la fois fraternels et inaccessibles. Je trouvais dans son personnage, entre la littérature et sa vie, je ne sais quel rythme, quelle musique, qui m'a hanté. Seuls les héros de roman ont exercé sur moi cette fascination, mais, cette fois, le héros de roman était ce que j'ai toujours placé au plus haut de mes aristocraties imaginaires : un écrivain.

Sans doute y eut-il alors d'autres signes, d'autres composants, d'autres corps qui agirent dans la mystérieuse combinaison chimique d'où naît un livre. Peut-être par la souffrance avais-je touché le fond du doute ? Je ne sais, personne ne sait. Un matin, je me réveillai avec le sujet d'un livre, le désir de l'écrire. Et cette impression si trompeuse d'être capable d'en venir à bout. Jamais miraculé n'a jeté ses béquilles avec autant de soulagement. Je partis pour l'île de Samos.

XI

SAMOS, L'ÎLE MAUDITE

Où que j'allasse dans le petit monastère tout blanc suspendu à flanc de montagne, je voyais la mer gris-bleu comme le ciel, la masse rocheuse, fauve, de la Turquie, et le môle comme une aigrette blanche. De la fenêtre de ma chambre, entre la cime d'un figuier de Barbarie et un boquetcau de cyprès, je distinguais la longue plage de sable, les maisons blanches du port de Pythagorion, et, au loin, des montagnes dont les pentes étaient couvertes d'oliviers d'un gris métallique. Le soleil régnait. Il écrasait le paysage de sa lumière blanche et stimulait les castagnettes des grillons. Quand la chaleur culminait, j'allais prendre une provision de fraîcheur dans la grotte autour de laquelle était construit le monastère.

Il s'y trouvait une source. Son eau avait la réputation d'être miraculeuse ; sa fraîcheur, elle, l'était. Au fond de la grotte, un petit oratoire tapissé d'ex-voto scintillait à la lumière des cierges.

C'était toujours la même journée. Tôt le matin parvenait dans ma chambre aux fenêtres et à la porte grandes ouvertes la voix roulante de tonnerre du vieux moine, le *papas,* qui psalmodiait comme le sourd qu'il était ; puis son chant qui entrechoquait la rocaille. A cet instant s'insinuait autour de mon lit l'odeur de l'encens, puis celle des petits pains ou des gâteaux que l'on distribuait à la dizaine de fidèles intrépides qui avaient grimpé jusqu'au monastère pour entendre la messe. Dès que j'avais repris conscience, je recommençais à souffrir. L'anesthésie de la nuit cessait. Une image pesait sur ma poitrine. J'avais le souffle coupé. Une atroce torsion des nerfs. L'angoisse était revenue. Commençait alors la ronde de cette question incessante : viendra-t-elle ? Je savais que tout au long du jour, tard dans la nuit, je ne lui échapperais pas, je serais sa proie, elle me torturerait.

J'émergeais dans la cour intérieure, ombragée par une treille, à la fin de l'office. Je croisais le vieux moine dans ses somptueux habits sacerdotaux qui regagnait sa chambre-sacristie en balançant des cassolettes d'encens : c'était un octogénaire robuste, majestueux, à la belle barbe blanche, avec de bons gros yeux bleus qui, dans la colère, lançaient la foudre. Il vivait seul au monastère avec sa gouvernante, une matrone tout en soupirs et en sueur. Il y avait aussi un misérable corniaud que le moine nourrissait à coups de pied et de pierre ; saint Paul ne devait pas être beaucoup plus compatissant envers les créatures rebelles à la grâce. Et un visiteur nocturne, un renard qui, la nuit, descendait de son gîte dans les ruines de la forteresse de Polycrate et venait violenter les poules.

Après le petit déjeuner sur le port, je remontais par le raidillon. Je m'arrêtais à mi-pente pour souffler. Dans le soleil, la blancheur du monastère paraissait incandescente ; j'arrivais en nage. Je gagnais ma chambre et me mettais au travail : je froissais quelques feuilles, je relisais ce que j'avais écrit, je regardais par la fenêtre. J'espérais je ne sais quelle distraction pour retarder le moment fatidique. Dès les premiers mots tracés, un sentiment d'inutilité m'envahissait, puis le dégoût. Pourquoi s'astreindre à ce travail de bagnard au lieu d'être sur la plage à se baigner ? A quoi menait tout cela, ce fatras de littérature ? Mais je m'acharnais ; peu à peu je ressaisissais le fil de mon histoire. Je m'absorbais dans ce travail harassant de l'écriture dont on distingue mal les perspectives et les masses, mais seulement ce que l'on a devant les yeux : on avance comme un mineur dans l'obscurité, qui frappe à coups de pioche la paroi rocheuse et n'a d'autre horizon que le mince tracé éclairé par la lampe de son casque.

On imagine mal ce que la simple activité d'écrire peut révéler de soi ; révéler et réveiller en soi. Tout remonte à la surface : la boue, les vieux souvenirs blessés, les souffrances de la petite enfance, les humiliations que l'on croyait liquidées, les grandes fractures amoureuses, les petites, mais aussi l'orgueil, la haine de soi, toute cette triperie sanglante et nerveuse qui nourrit nos amours et nos souffrances, autant dire toute notre vie. On se sent alors en équilibre sur une crête dont les deux versants sont la création et la destruction. Tantôt on penche vers l'un, tantôt l'autre vous fascine. Personne autant que celui qui écrit ne sent la présence palpitante de l'échec. Il joue le même rôle que le vide pour l'équilibriste ou le trapéziste : c'est à lui qu'on se mesure, à son attraction terrible qu'on échappe ou qu'on cède. Il est le risque, le pari, la mort. Comme on souffre alors ! Mais on sait que cette souffrance a peut-être une issue. Tant d'autres n'en ont pas. On avance avec peine, on biffe, on revient en arrière, on déchire. Et à chaque fois les nerfs grincent comme si l'on découpait et recousait non pas des phrases mais sa propre peau. Soudain, on se sent happé par une nécessité qui nous conduit. On a l'impression qu'une voix amie nous guide. Puis la fatigue fait relever la tête. On a les yeux brûlants, la tête un peu folle, un poids dans les reins, la nuque endolorie. De quelle chute se relève-t-on ? Une douce sensation nous saisit : l'ivresse d'être exténué.

Je me levais en titubant. Je faisais quelques pas, pieds nus, sur les dalles de marbre de la cour intérieure. Je m'avançais jusqu'à la terrasse : assis sur un banc bringuebalant, vêtu de sa soutane rapiécée, le vieux moine méditait devant la mer. Il marmonnait dans sa barbe quelques bienveillantes paroles incompréhensibles. Je m'asseyais à côté de lui sur le banc branlant. Nous regardions sans parler le paysage magnifique. La surdité, autant que la langue, élevait entre nous un barrage infranchissable. Et pourtant, que de conversations nous avons eues, que de sensations échangées, pendant ces silences ! Il savait que j'écrivais. Parfois, d'un air interrogatif, il faisait dans le vide le geste d'écrire. Je hochais — ou plutôt je roulais — la tête d'une manière qui n'était ni affirmative ni négative. Avais-je écrit ou simplement aligné des signes dans le néant ? Dieu seul le savait ! Le vieux moine était satisfait. Qu'aurions-nous pu exprimer de plus avec des mots ? Nous aurions proféré des banalités pour meubler. Dans le silence, nous ne nous sommes jamais dit que des choses essentielles.

Parfois, je l'aidais dans ses tâches quotidiennes : grimpé sur une échelle, je cueillais sous sa direction les belles grappes de raisin noir de la treille ; j'allais remplir d'énormes bidons d'eau dans la grotte. Ou je le secondais dans la fabrication des cierges. Cette activité le rendait particulièrement fébrile : il faisait fondre la cire dans un chaudron venu de l'enfer, la touillait, puis il plongeait les mèches dans la cire bouillante et renouvelait le bain jusqu'à ce que les cierges eussent acquis une grosseur satisfaisante. Alors, il les suspendait à un fil de fer avec des pinces à linge

Vers six heures, le soleil perdait un peu de son ardeur. Je descendais me baigner sur la longue plage d'Hêraklion, au milieu des chapiteaux effondrés, des colonnes de marbre rose, des bas-reliefs et des statues mutilées. La plage bordait l'un des plus fameux sanctuaires de la Grèce, celui d'Héra. Que de mystères avaient été célébrés ici ! La terre et le sable semblaient avoir gardé le parfum des fleurs qui jonchaient le sol lors des cérémonies. Le sang aussi avait coulé. Celui de Polycrate, le fastueux tyran de Samos, protecteur d'Anacréon, amoureux de la gloire et des arts, qui, déguisé en mendiant, avait tenté de fuir lors de l'invasion des Perses. Trahi, il avait été écorché vif et crucifié. Cette alternance de raffinement et de cruauté, de spiritualité et de barbarie, n'avait pas ému le plus beau paysage du monde qui demeurait aussi impassible que peut l'être un immense et superbe miroir ; les flammes des passions et des crimes, la rumeur des hymnes et des cris avaient été impuissantes à le ternir. Mais, tapis sous les pierres sèches, la magie et l'effroi continuaient de hanter cette île. Je ne savais pas encore qu' « aller à Samos » était une expression qui signifiait en grec « aller à la mort ».

Le soir approchait ; je le voyais venir avec angoisse. Je traînais ma solitude le long du port ; j'allais jusqu'à l'extrémité du môle. J'étais au bout du monde, au bout de moi-même. Les fragiles conquêtes de l'après-midi s'évanouissaient. La question revenait : « Viendra-t-elle ? » Le doute me transperçait. L'espoir déçu contaminait tout : ma vie ne valait rien, ce que j'écrivais ne valait rien. Pourquoi s'acharner à l'attendre, à écrire, à vivre ? J'étais condamné à n'étreindre que son ombre, et aussi les ombres de la vie. Toutes ces souffrances pouvaient si facilement trouver une fin, ici, à quelques mètres, dans l'eau noire du port où nageaient en silence les barques qui partaient à la pêche au lamparo.

On n'écrit que pour être aimé, pour forcer la vie à vous aimer. Mais dans ces instants de marée basse, où tout semble avoir fui, on se grise de l'idée de renoncer. Alors refluent tous les rêves de conquête. J'imaginais ma tombe près du monastère, je la voyais simple et désolée, comme celle du poète Rupert Brooke dans l'île de Skyros. Vaincu, convaincu de ma nullité, je n'abdiquais pas l'orgueil de vouloir m'inhumer à l'extrême avancée de l'Occident, face à l'Orient, à l'éternité du soleil qui se lève, à la mer, à la beauté.

Sur le port, je dînais d'un poisson grillé dans l'odeur de la saumure et du goudron, sous la lumière d'une lampe tempête. J'errais encore sur le quai, puis j'escaladais mon raidillon dans l'obscurité, butant contre les rochers, tordant mes chevilles sur les pierres. Je m'affalais sur la terrasse du monastère : les lumières du Pythagorion brillaient dans la nuit ; la lune éclairait la masse patibulaire de la Turquie ; le phare du môle balayait la mer de sa lumière verte. Les cigales chuintaient ; des chiens hurlaient dans le lointain. La brise remontait une rassurante odeur de thym, de lavande et de crottin.

Ma rêverie suivait une autre pente : tant de souffrances, tant de désespoir pouvaient-ils ne servir à rien ? Rien n'est inutile dans la vie, pourquoi le malheur le serait-il ? Il fallait approfondir son enseignement. Les tortures par lesquelles j'étais passé m'avaient parfois donné l'impression d'ouvrir des vannes profondes en moi ; à certains instants, d'une manière fulgurante, la souffrance m'avait fait entrevoir certains secrets interdits de la vie.

Trois semaines passèrent ainsi. Un matin, elle surgit. Une porte qui s'ouvre. Alors on ne sait plus qui on est, où l'on va. Le pourquoi des choses s'efface. Les trois jours que je vécus avec elle dans une chambre au bord de la plage furent insensés, comme une nuit de délire. Je ne m'appartenais plus, je lui appartenais, et plus encore à la folie. La nuit, le jour, mon corps, son corps roulaient comme une boule hallucinée vers je ne sais quels abîmes. Mais décrit-on la passion ? On est pris dans une vague qui vous arrache à vous-même, qui vous roule, vous étouffe : on cesse de concevoir, de penser, de s'interroger. Et lorsqu'on se réveille, on est illuminé par le sentiment d'avoir enfin vécu une vraie vie. Le reste de l'existence, ce qui a précédé, ce qui suivra, n'apparaît que comme un entracte insipide et ennuyeux. Cette folic, on ne rêve plus que de la retrouver. Elle vous hante.

Elle partit. Je regagnai le monastère, mon manuscrit abandonné, le vieux moine et ses messes matinales. Je me plongeai dans le travail à corps perdu. Le livre parfois me semblait prendre forme ; à d'autres moments, il m'apparaissait comme un monstre. Il fallait continuer. Je continuais.

La veille de mon départ, le taxi qui me conduisait à Vathi, la capitale de l'île, tomba dans un ravin. Le conducteur avait raté un virage sur la route sinueuse. La robuste Ford fut stoppée dans sa chute, à vingt mètres en contrebas, par un olivier qui nous sauva la vie. Je me retrouvai debout, piétinant le conducteur, couvert d'éclats du pare-brise, séparé du ravin par quelques centimètres. Je me dégageai. J'étais indemne. Ma main seule était rouge de sang. Un attroupement s'était formé sur la route. Au moment de la chute de la voiture dans le vide, j'avais eu la conscience lumineuse de cette évidence : j'allais mourir. Dix minutes plus tard, j'étais conscient de vivre. Le sang sur le revers de ma main me paraissait un signe fraternel. On remontait le chauffeur de taxi en piteux état. On criait, on gesticulait. Les témoins s'extasiaient devant le miracle : la voiture retenue dans le vide par un arbuste. J'éprouvais les sentiments violents d'un condamné qui vient d'apprendre qu'il a été gracié : ainsi j'allais vivre. Si un miracle avait eu lieu, peut-être y en aurait-il d'autres. Quand on se met à vouloir vivre, on est vite insatiable. Oui, d'autres miracles, vivre, aimer, écrire. Je regardais le sang sur le revers de ma main, la beauté du paysage, les collines hérissées de cyprès, la mer au loin, le soleil qui se couchait. Peut-être que la vie allait commencer après cette fausse sortie ? La vie que j'attendais, à laquelle j'aspirais de toutes mes forces. Cette vie que j'attends toujours...

Bien des années plus tard, je suis revenu à Samos. Je n'étais plus le même. J'avais appris à moins souffrir. C'était un pèlerinage. Quel défi voulais-je jeter au destin en revenant avec une femme dans ces lieux qu'une autre avait envoûtés ? Peut-être pour savoir si j'étais réellement guéri ? Je me précipitai au monastère du Spiliani : le vieux moine était mourant. Son râle emplissait les voûtes du monastère. On me conduisit près de lui. Sur le drap, son visage était bouleversé par l'agonie. Il n'avait plus que quelques heures à vivre.

Partout je me cognais aux lieux, aux souvenirs. L'agonie du vieux moine m'obsédait. Je sentais une présence maléfique qui me poursuivait. Une humeur noire, dévastatrice, s'empara de moi. Je voulais détruire, faire souffrir commc j'avais souffert, voir naître dans d'autres yeux mon humiliation, ma servitude. Samos était une île maudite comme le sont tous les lieux où les passions nous ont brûlés. Mais pourquoi le cœur ne garde-t-il de reconnaissance que pour les supplices ?

XII

UN FRÈRE ADOLESCENT ET BLESSÉ

La mort a perdu de sa magie pour moi. Est-ce à cause des longs entretiens que j'ai eus avec elle en écrivant ce livre ? Sans doute. Elle ne me fascine plus. J'éprouve un sentiment étrange après ce voyage au pays des morts, au seuil duquel brûlent ces grands flambeaux, le suicide, l'échec, le désespoir : celui d'en être revenu plus fort. Je craignais en concentrant mes pensées sur elle, en vivant dans la compagnie de toutes les ombres qu'elle a ravies, d'être grisé à nouveau par ses poisons. J'ai approché le monstre et non plus sa légende. Et ce qui m'a frappé, ce n'est pas sa démesure, c'est au contraire à quel point il nous ressemble. L'effroi qui nous saisit à l'idée de la mort vient pour beaucoup de ce que nous ne voulons pas la regarder en face comme ce qu'elle est : le plus naturel des avatars de la vie. Elle ne suscite tant de panique que parce que nous tentons par tous les moyens de l'écarter de nos pensées. Et ce n'est pas seulement notre faute : tout, autour de nous, conspire à la nier. On feint de ne plus la voir. On veut l'ignorer pour échapper à sa fatalité. Partout on tente d'effacer ses traces : on veut transformer les obsèques en cérémonies ordinaires, privées de leur pompe, de leur temps de deuil, dissimuler les morts aux regards. On l'évoque, mais comme une calamité, un haut mal, vestige du Moyen Age, rebelle à la science. On ne veut plus être beau joueur avec la vie : on voudrait une partie toujours gagnante, qui n'aurait pas de fin.

Seul le rituel sans fard de la mort lui donne sa place, la plus importante, et permet de la circonscrire, de l'identifier comme une réalité et non plus comme un spectre. Ce n'est que lorsqu'on la fuit que son ombre prend des proportions monstrueuses, qu'elle suscite l'angoisse. On ne comprend rien si on définit la mort par rapport à la vie. C'est la mort qui doit définir la vie et jeter sur l'existence une lumière grave. Alors seulement on a appris à vivre. Toutes les sociétés glorieuses se désignent autant par leurs triomphes que par la majesté et la grandeur de leurs sépultures ; la mort y est présente partout : dans les mausolées, dans les temples, dans les cathédrales. La musique funèbre, les chevaux caparaçonnés de noir, le crêpe qui voile les monuments et les visages, les cercueils imposants que l'on traîne à travers les capitales permettent de se repaître de la présence de la mort et d'en conjurer l'angoisse. C'est pour vivre pleinement que Vienne a drainé toutes les ombres de la mort dans la crypte des Capucins : sur les tombeaux des empereurs, elles dansent une délirante sarabande de pierre qui épuise tous les vestiges de l'imagination.

Cette conscience de la mort, c'était autrefois le rôle assigné à l'initiation. Pendant quelques jours, dans le bois sacré, dans la grotte, l'adolescent attendait cette confrontation avec les trois figures emblématiques de la mort : le sang, les ossements, la souffrance. Au moment de prendre son envol vers la pleine vie, on inoculait en lui cette pensée fortifiante de la limite de son destin.

J'ai connu une initiation. Parfois, il me semble que c'était un rêve : l'épaule nue, le pied déchaussé, dans un in-pace qui ressemble à l'antichambre des condamnés, on médite face à un crâne. On rédige son testament. Puis, les yeux bandés, on subit l'épreuve des éléments : on est élevé dans l'air, aspergé d'eau ; on sent l'approche d'une flamme près du visage. On boit à la coupe d'amertume. Soudain le bandeau est arraché et l'on voit douze épées flamboyantes brandies sur son cœur. Ainsi, après avoir touché du doigt la mort, on a l'impression de revivre ou simplement de vivre. Ces rites initiatiques, je sais qu'ils peuvent paraître puérils. Mais mesurons-nous ce que nous avons perdu en rendant puéril ce qui est grave, grave ce qui n'est que puéril ?

Plus encore qu'avec la mort, j'ai voulu régler un vieux compte avec le suicide. En parlant de lui, je me suis délivré de son obsession. Je ne me départirai jamais de ce sentiment de fraternité qui m'attache aux suicidés, à ceux qui à la fois aiment et méprisent la vie, ceux qui, comme les héros et les grands amoureux, appartiennent à cette race qui ne risque la souffrance et le désespoir que par amour de la vie. J'aime ceux qui souffrent, les écorchés, les cœurs douloureux, ceux que leur sensibilité torture, ceux qui ont l'âme inquiète et l'ambition toujours déçue. Je hais les capitalistes du succès, les nouveaux riches de l'arrivisme, les carriéristes rassasiés. J'aime les inquiets, les passionnés, les météores qui traversent la stratosphère de leur rêve et se consument dans leur course.

La glorification et l'apologie du suicide me sont étrangères. Il me passionne comme la sombre nébuleuse qui a fasciné tant d'écrivains dont j'aime la sensibilité. Mais si près que je sois de l'admettre, de le comprendre, de l'estimer parfois comme un des grands témoignages de liberté, il est un cas où il me révulse : celui des adolescents. Loin alors d'être un geste de liberté, c'est un acte impulsif. Un adulte possède quelques repères pour savoir ce que vaut sa vie. Un adolescent ne peut encore que mesurer ses rêves à des rêves. J'ai été trop sensible au vertige de ce poison pour ne pas voir à quel point il est dangereux. J'y repense avec un sentiment d'effarement : comment ne pas trembler à l'idée que l'on aurait pu s'effacer bêtement de la vie simplement parce qu'on a été la dupe d'un mauvais rêve ?

Le suicide s'est dépouillé pour moi de presque tous ses sortilèges. Son romantisme a cessé d'agir. Je le vois dans sa nudité, sa violence, comme une arme. Il me semble que je ne pourrais y avoir recours qu'en cas de légitime défense contre une attaque ou une offense insupportable de la vie. De ce point de vue, il me rassure plus qu'il ne m'inquiète. Mais qui peut préjuger de ses ressources pour affronter les drames et les horreurs qui menacent toute existence ?

Ce sont les ravages de l'amour qui, le plus souvent, m'ont fait songer au suicide. Aujourd'hui, la réponse définitive que je voulais donner à une passion éphémère ne me paraît appartenir qu'à la folie qui s'était emparée de moi. Il me semble que je n'en serais plus capable, que mes folies se sont assagies, ou plutôt qu'elles me surprennent moins. Je les attends avec cette résignation et ce fatalisme avec lesquels les habitants des Tropiques guettent la venue d'un cyclone. D'où vient que je n'en suis pas fier ? Peut-on l'être de devenir plus raisonnable, plus coriace, plus prudent ? Mais c'est le mince avantage de vieillir : on a appris à connaître le territoire que ravage la passion ; on prévoit les variations de la souffrance, son étiage et ses crues. Les plaisirs comme les souffrances sont devenus des locataires familiers de notre corps.

Si je me sens toujours le frère des suicidés, c'est que je reste le frère de celui que je fus, de l'adolescent qui regardait l'abîme avec fascination et voulait s'y jeter. Ce frère-là, il est en moi, il vit de son existence souterraine. Est-ce lui qui me murmure parfois des paroles délétères, qui jette dans ma vie des angoisses et des tristesses inexplicables ? Est-ce lui qui hante ce vide, ce sentiment irrépressible de fragilité, ce je ne sais quoi d'incertain et de détruit en moi, d'adolescence éperdue, qui m'empêchera toujours d'être complètement chez moi dans le monde des adultes ? C'est ce frère de l'ombre qui me détourne des grands triomphateurs du plein jour, lui qui me portera toujours vers les fragiles héros de la nuit.

TABLE

Achevé d'imprimer le 21 décembre 1984
sur presse CAMERON,
dans les ateliers de la S.E.P.C.
à Saint-Amand-Montrond (Cher)
pour le compte des éditions Grasset
61, rue des Saints-Pères, 75006 Paris

N° d'Édition : 6580. N° d'Impression : 2663-1975.
Dépôt légal : décembre 1984.
Imprimé en France

ISBN 2-246-35411-0